OLVIDARÉ TU NOMBRE

OLVIDARÉ TU NOMBRE

Mónica Salmón

Grijalbo

Penguin
Random House
Grupo Editorial

Olvidaré tu nombre

Primera edición: febrero, 2024

D. R. © 2023, Mónica Salmón

D. R. © 2024, derechos de edición mundiales en lengua castellana:
Penguin Random House Grupo Editorial, S. A. de C. V.
Blvd. Miguel de Cervantes Saavedra núm. 301, 1er piso,
colonia Granada, alcaldía Miguel Hidalgo, C. P. 11520,
Ciudad de México

penguinlibros.com

ISBN: 978-607-384-079-8

Impreso en México – *Printed in Mexico*

*Para mis hijos Alex y Moni, que por ningún amor estén
dispuestos nunca a doblar las esquinas de su corazón.
Los amo por siempre. Mamá.*

1

Subject: El placer entre tus brazos

Emilio, tu risa es expansiva y única. Solo contigo he reído con tanta fuerza y complicidad. Es como si nuestras risas pudieran hablar y, al unirse, formaran un sonido que nos pertenece por completo. Cuando reímos de esa manera, siento que solo existimos tú y yo, que esos momentos nos transportan más allá de la realidad, y nuestras almas se conectan y se besan. Experimento una sensación de alivio que recorre todo mi cuerpo.

Ahí, juntos, nos liberamos de nuestros miedos y de la angustia diaria que nos acompaña en la rutina. Solo contigo he presenciado esa risa tan especial. Guardo muchos secretos tuyos, pero el que más me ha hecho amarte es descubrir que eres el hombre más chismoso que conozco. Solo tú interrumpes tus reuniones para ir al baño y contarme por teléfono, en voz baja, lo que pasa con tus compañeros de trabajo. Esta actitud tuya me recuerda lo presente que estás en mi vida y cómo compartimos cada detalle, por pequeño que sea.

Me recuerdas que el martes de la semana pasada, en la cena, habíamos hablado de él. Lo que me da más risa es imaginarte escondido en el baño contándome el gran chisme del día. Volver a reír juntos. Que me digas que tengo que escribir esa historia en uno de mis guiones. Es ahí donde siento un alivio que me recorre todo el cuerpo. Justo en esa pausa que haces, a media mañana, me haces reír y sentir que no puedo esperar, no para saber la historia. Sabes perfecto que eres más chismoso que yo, aunque aparentas que no te interesa en lo absoluto la vida íntima de los otros. No es que yo no lo sea, pero sí mucho menos que tú, no porque sea más buena. En realidad, pocas vidas de las personas con las que trabajas me interesan.

¿Quién más te conoce como yo?

Al colgar me quedo pensando en que eso es amar a alguien. Enterarse de algo y no poder esperar para que la otra persona lo sepa. Levantarse al instante, ir al baño y contarle. Pienso en eso y me río sola. Pienso que eso más bien te hace ser el hombre más chismoso del universo. Lo que realmente es amor es reír al recordar lo que más te gusta del otro. No puedo esperar para besarte y decirte que me emociona que hagas esas pausas en tu día. Que me hagas tu cómplice hace que me sienta más cercana a ti y que el lazo que tenemos sea más fuerte. Gracias por sacarme tantas risas a media mañana. Eres el hombre más comunicativo que conozco, pero también eres el hombre que más amo.

¿En dónde estábamos cuando el mundo nos hizo daño? Estábamos escondidos uno del otro, peleando nuestras propias batallas y nuestros propios dolores.

¿Cuántas más risas habría si hubiera llegado a tu vida antes de que perdieras la fe en el amor, en la vida misma?

Quizá estoy soñando, y eso es imposible saberlo. Puedo fantasear que en vez de tantas discusiones habría más besos, menos ego, pero sobre todo menos resentimientos. Es verdad que, así como conectan nuestras almas, podemos conectar nuestros dolores. Tenemos la capacidad de doblar el tiempo atrás y, como no es la primera vez que ninguno de los dos hemos amado, se hace un reto para nuestro amor. Ambos somos conscientes de que esto no saldrá bien, y comenzamos a matar las risas, porque al parecer cuando peleamos también liberamos algo. No solo sé tus secretos, también sé todos los miedos que te aquejan. Aunque a veces quisiera huir, sé que no puedo dejar de amarte, porque cuando nos abrazamos, todo lo malo se va y solo me queda el amor que te tengo. Eso me da un poder brutal sobre ti, y no es que estemos en desventaja. Tú sabes los míos y eso nos hace sumamente vulnerables. Tú y yo decidimos contarnos realidades y ese es otro de los motivos por los cuales te amo. Me atrevería a decirte que estoy casi segura de que soy la única mujer con la que has ido a esas profundidades escabrosas de tu propia personalidad. Por eso, pienso que me has amado tanto o más de lo que yo a ti. Y para mí no hay mejor regalo que tu intimidad. Eso te ha llevado a querer romper todo lo que hay en mí. Siento que tu pasado, por momentos, no deja que pienses que nuestro amor es creíble. Como si sintieras que te robo el aire, ese espacio que quieres conservar como un núcleo solitario en el mundo. Te proteges en una concha y hay un ensimismamiento. Trato de llevarlo más ligero y no profundizar. Finjo ante ti, ante tu distancia. Me comporto como si no me doliera. Pero hoy no me llamaste a mitad de la mañana, no te saliste de tus juntas.

Soy una mujer a la que le gusta llamar las cosas por su nombre y no engañarme. Lo que sí puedo ver con claridad hoy es que tu deseo hacia mí no ha logrado escapar.

Lo noté cuando estábamos en el suelo desnudos a los pies del comedor y seguías besando mis labios, queriendo arrancarlos para llevártelos, para esconderlos del mundo. Me detuviste de golpe. Tu expresión cambió de deseo a enojo. Me insultaste por primera vez. Te levantaste sin pudor.

Con tu voz ronca, pausada, me miraste hacia abajo diciendo: "Eres como una serpiente hipnótica. Me asusta el inmenso placer que he encontrado entre tus brazos. Me das miedo".

Me quedé mirándote y me llevé la mano a los labios. Te fuiste al baño y mis lágrimas escurrieron. Pensé que esa noche te quedarías conmigo porque era la última antes de tu viaje a Europa, pero te fuiste a una cena.

Me vestí sin dignidad y me quedé en silencio.

Ofelia

2

Subject: Celos

Martes 3 de mayo de 2022
05:14 a. m.

Emilio:

Necesito decirte lo que siento. Seguiré mandándote mail porque quiero desahogarme sin interrupciones y sin pelear. Quiero que sepas lo que viví ayer en la noche cuando te fuiste a tu cena. Después de quedarme llena de ti, después de hacer el amor y de tu fría indiferencia, no me queda más remedio que someterme a un juicio.

Aquel WhatsApp tuyo antes de irte a casa de Lucy me dio ganas de vomitar. Cómo que fue delicioso hacerme el amor, pero me escribes a tu regreso. Por Dios. Y tu descaro de decirme que te va a cocinar sushi. Te diría que yo también espero que le salga bien, pero no. Qué enorme esfuerzo se necesita para liberarse de la oscuridad y de la asfixia.

De verdad, Emilio, ¿me crees tan tonta como para estar contando los segundos de tu cena hasta tu regreso? ¿Y después decirme qué?

Emilio, me dueles. ¿Qué te he hecho para que me lastimes de esa manera? Necesito tu atención, quiero quitarme este dolor, este vacío. Estoy tan harta de eso que, mientras tú estás en tu cena, decidí que le voy a contestar a un admirador que tengo en Instagram.

—Hola, he visto por mucho tiempo tus likes y los comentarios tan lindos que haces respecto a mis fotos. La verdad, no suelo hablar con desconocidos, pero hoy necesito distraerme. Para ser honesta, me tienen atada los celos hacia mi pareja.

—Ofelia, una mujer como tú no debería sentir celos.

—Estoy sufriendo de celos. Está cenando con una mujer que nunca antes me había mencionado.

—¿Para qué te lo ha dicho?, ¿por qué te quiere hacer sufrir? Yo lo único que quiero es darte momentos lindos.

—Gracias, pero no te conozco. No sé por qué estoy hablando contigo, contándote tantas intimidades. Tal vez porque estas cosas son difíciles de hablar. De pronto hoy no me puedo contener.

No puedo entender que una noche antes de irse de viaje a Europa se haya ido a cenar con ella.

—¡Qué suerte la mía de poder estar hablando contigo, mientras que él está en su cena! ¿Dime algo, Ofelia? ¿Te puedo hacer una pregunta?

—Sí, y créeme que contestaré con la verdad. Necesito sentir otras cosas que no sean estos celos, no puedo con ellos. No puedo imaginármelo cenando con otra mujer, en casa de otra. Simplemente, no puedo.

—Ah, ya veo. ¿Necesitas un dios para quien vivir?

—Me has dejado helada con lo que has dicho.

¿Quién es mi admirador secreto de manos grandes? ¡Cómo se atreve a hacer esa afirmación sobre mí si ni siquiera me conoce, nunca me ha visto en persona!

—Ofelia, lo que percibo en tu persona, en tus fotos, en tus comentarios, en las redes, en los artículos que has publicado, veo que eres una mujer sincera, intachable e inocente.

—¿Crees que si fuera inocente estaría hablando con un desconocido que me contactó por Instagram? Lo único que sé de ti es que tienes unas manos lindas, grandes y blancas, y que tus fotografías son tomadas lejos de mi país. Podrías haberlas sacado de internet, pero me impresiona la cantidad de seguidores que tienes. Rusos, franceses, españoles. No veo que tengas seguidores mexicanos.

—Sí, precisamente porque eres inocente estás hablando conmigo. Crees en la gente, quieres tener a un Dios a quien rezarle, quieres un salvador. Eres encantadora y posees una fuerza femenina tan poderosa que, al mismo tiempo, también deseas tener a alguien que sea tu esclavo.

Justo es lo que hago ahora. ¡Tiene toda la razón!

Mi desconocido entra en mi mente como ningún otro. Soy consciente de mi poder femenino. ¡Quiero un Dios, un amante y un esclavo!

—¿Dónde estás?

—Por ahora, estoy en una ciudad llamada Sviyazhsk, junto a un monasterio rehabilitado y vuelto a consagrar. Hoy está habitado por monjes. Tú estás en México. Tengo un fuerte amor y admiración por los libros de Juan Rulfo, por eso me gusta tu país.

—¿Has estado en México?

—Sí, un par de veces. En una ocasión que estuve allá leí al autor de Pedro Páramo. Me gusta ver tus publicaciones, me alegran.

Nos quedamos hablando de los monjes del monasterio, de Rulfo. Ahora ya se han ido los celos. Pareciera que gracias a Manos Grandes puedo salir de ellos, pero pienso que, al igual que a mí, a Lucy también la maltratarás.

Lo único que me consuela en este caso es que eras tú el que siempre cocinó para mí.

Ya tengo hambre y me hace pensar en tu pasta con trufa, el salmón que poco a poco fuimos inventando, el arroz que no te quedaba nada bien, pero que por amor me lo terminaba. Siempre he pensado que hay una carga erótica el cocinar para el otro. Desde ahí preparas la cama. Te preocupas por el placer de mi paladar, de mi lengua, de mis papilas. En cada cena, te ocupas de todos mis placeres. Lames cada rincón de mi cuerpo, cuentas mis lunares, hueles mi cuello y lentamente recorres con tu lengua mis axilas. Yo soy tu cena. Tienes una adicción por devorarme durante horas. Ninguna lengua ha recorrido tantas veces mi piel. Llegaste a lugares lejanos. Con risa y nerviosismo, te di permiso para entrar, para explorarme durante horas, lamiéndome. Nunca había visto a alguien llorar de placer. Me llevaste al éxtasis. Nos llevamos al borde de placeres que ahora duelen. Ahora me duele saber que es ella quien, con sus manos, prepara y moja el arroz. Ahora es ella quien te seduce. Ahora es ella quien olerá tu piel. Siento cada minuto pasar. Sesenta segundos son una eternidad. Te imagino perfecto, con esa sonrisa que, cuando la veo, ilumina mi interior.

La imagino a ella encantadora. Seguro se arregló antes de verte. Se puso el mejor calzón y el brasier más lindo. Si te preparó sushi, estoy segura de que también se depiló. Ninguna mujer le prepara sushi a un hombre en su casa si no quiere acostarse con él. Me pregunto si se pintó las uñas de las manos de color rojo. Sé que obsesivamente le miras las manos a las mujeres. Te gustan las manos y el pelo lacio oscuro. Tal vez ese gusto lo sacaste de niño, cuando encontraste atractiva a la esposa de tu primo; y por eso buscas a todas tus víctimas con las mismas características que aquella mujer que te causó tus primeras erecciones.

Eres de los pocos hombres que conozco que no soporta a las rubias. ¿Ya habrás cenado? ¿Puso velas y música o solo música? ¿Estarán en los besos? ¿Dónde fue el primer beso, en la cocina? ¿Rieron? ¿La tomaste entre tus brazos?

¿Le quedó bien el sushi? ¡Maldita, no la conozco y ya la odio! Estoy segura de que por tu perversidad estás gozando estar ahí más por hacerme sufrir que por estar con tu siguiente presa.

¿Le contaste lo mismo que a mí? Espero que no hables de Beatriz. Seguro sí hablas de ella. Es ahí donde te muestras tierno, bueno, el hombre abandonado, y ella tendrá la misma necesidad que yo tuve: lamerte las heridas. Seguro sí, es rescatadora de gatitos, ¿no? Seguro pensará que con sus cenas tan románticas y su actitud salvadora serás su próximo novio. Fuera de mis celos, hay un alivio. Otra tendrá que lidiar con el hombre atormentado que vive en ti. Me hace un poco descansar y decirle:

Quédatelo todo completito, a ver si puedes con sus crisis de los lunes de mierda y con su insomnio a las 03:00 a. m. Que te diga que Beatriz es lo peor que le ha pasado en la vida, pero si Betty llama al día siguiente porque se le ocurrió que es momento de hacer un viaje en familia con él y los niños, él se levantará como resorte y le dirá que por supuesto, que a qué hora, dónde y cuándo. Betty solo lo hará para mandarte un mensaje, para que te quede claro que ella es la que manda. Lo hará también para que a él no se le olvide. Que basta con un tronar de dedos para que él corra como perrito faldero tras ella. Beatriz siempre quiere dejar la puerta abierta por si algún día se le ocurre volver. Emilio está tan a su disposición, tan al pendiente, tan servicial, que el pobre así nunca lo va a lograr. Antes no me atrevía a juzgar, de hecho, se me hacía admirable.

Llevó un divorcio justo, amigable, ejemplar. Emilio, de una sola pieza, no dejó que nadie participara, él solito lo llevó. Betty pidió a gritos el divorcio como un tema energético para cerrar círculos, que su profesor de yoga le había dicho que era importantísimo no dejar nada pendiente por aquello del karma. Sí, "karma", esa palabra que les encanta a las divorciadas. Entonces, Betty se agarró una buena abogada especialista en el karma y se quedó con todo. Siempre le dije a Emilio que Beatriz debería escribir un libro de esos que le encantan leer: *Cómo ser la mosca muerta más hija de puta y quedarte con todo*.

Estoy segura de que se vendería como pan caliente. Lástima que no sea mi amiga para poder sugerírselo. A los sinceros deberían arrojarlos al mar, lleno de tiburones hambrientos, a ver de qué les sirve su maldita sinceridad.

Emilio, usas el amor que te tengo para destruirme. Dices constantemente que todo lo que te digo no es verdad. La vida creativa de las mujeres no puede ser destruida por ningún hombre, ya que es el poder de la vida creativa lo que nos arropa a las mujeres.

¿Estoy pidiendo que me mientas?

Estoy pidiendo mentiras, estoy disparando en todas las direcciones, también estoy agradecida de que me hayas dicho la "supuesta" verdad.

Te he dado demasiada atención sin saber todo lo que te rodea. Estoy segura de que mis celos te halagan, te visten; seguro llegaste a tu cena como un pavo real.

Un amor castrado duele en el alma. Se acabó la dulzura y ahora desconfío de ti. Para ti, soy solo un torbellino, por eso pasan las mujeres, pasan los años y sigo presente. Llegará tu nueva amiga, después vendrá otra, dejarás a la siguiente. Pero al final, volverás a mí. Eres uno de esos hombres que afirman que no se puede enamorar dos veces de la misma mujer.

¡Maldito!

¿Cuántas personalidades caben en un hombre que seduce? ¿Cuántas mujeres habitan en mí? ¿Cuántas hablarán secretamente con un desconocido y se quedarán pensando en un encuentro con él?

Mi amigo de las manos grandes se está convirtiendo en mi gran distractor, mientras que tú, Emilio, eres mi dolor, aunque curiosamente también mi deseo. No me puedo apartar de ti. Pienso en él cuando tú no me escribes, y si él me escribe y tú no lo haces, siento inquietud. Sufro realmente cuando tú no me deseas. Veo que todo el mundo pasa vidas enteras esperando el amor, esperando a su complemento, esperando a alguien para ser uno. Siempre debe haber otro para calmar la falta de uno mismo. Nos sentimos a la mitad y es por eso que decimos que el amor nos completa, que el amor nos hace sentirnos enteros. En el acto de hacer el amor intentamos hacernos uno solo.

¿Quién nos dijo que el amor es un terreno seguro?

El amigo anónimo de manos grandes me da seguridad. Fantaseo con saber quién es. ¿Estoy hablando con un hombre mayor, casado...?

¿Viudo, soltero o divorciado? ¿Será tan feo que se esconde detrás de imágenes de paisajes de lugares extraños? Nos seguimos en Instagram durante tanto tiempo que llegué a pensar que sus likes ya eran parte de mi rutina. Su amor es un producto sin riesgo que no lleva locura porque no se arriesga. Estamos a solo un botón de eliminar la conversación y no implica ningún sobresalto emocional. Claro que hay trasgresión en que un extraño me comunique su placer y en el fondo creo que eso me atrapa.

¿Será que lo erótico siempre está cargado de misterio?

Creo que su inteligencia me ha llevado a la curiosidad de querer saber quién realmente es. No me quiero decepcionar, por ahora, que está siendo mi salvavidas. Esperaré un tiempo; mientras, me dejaré halagar con sus palabras. No lo puedo creer, Emilio, es la 01:13 a. m. ¿Y sigues en tu maldita cena? ¿Ahora sí estás muy platicador? ¿No te venció el sueño? Porque conmigo nunca te gusta desvelarte.

Tienes que ir al aeropuerto en unas horas. ¿Qué tanto haces que no ves el celular? ¿Se te olvidó que tienes un viaje? Veo tu última conexión en WhatsApp y es a las 08:07 p. m. ¿Cinco horas sin ver el celular? ¡En mi vida he visto algo así! Cada vez que nosotros vamos a cenar, me pides una disculpa porque estás contestando un mensaje a tus hijos. Ahora resulta que sí te puedes alejar del celular por tantas horas.

¿Qué es esto que siento?

Esta angustia que me oprime el pecho. Siento débiles las piernas. Son celos y no hay más que un miedo profundo a esto. Aunque no queramos aceptarlo, esa es la verdad sobre los celos: un miedo profundo y terrible a perder al otro. Me queda claro que este sentimiento solo nos llevará a la destrucción. Puedo escuchar a las psicólogas de medio pelo diciendo vulgarmente que los celos son "una simple inseguridad y falta de amor propio", pero yo, al igual que Freud, rechazo esos comentarios analíticos superficiales de revistas para mujeres incultas. El amor propio puede ser muy grande y aun así sentir celos. Sabemos lo que los seres humanos aman más allá de su cuerpo, su imagen, una imagen que nos engaña al mostrar su unidad y forma. Amamos a nuestro semejante porque nos amamos a través del otro. Ha pasado mucho tiempo hasta que hemos entendido que el mundo no ha sido creado a nuestra imagen y es aquí donde la ciencia toma lugar y Dios se queda un poco olvidado.

Los celos están fundados en nuestra propia lógica. Al sentir celos, estoy obligada a sentir ganas de separarme de ti. Te quiero alejar, necesito apartarte de mí. ¿Lo sabes? ¿Es por eso que me quieres dar celos? ¿Sabes que el camino de los celos siempre lleva a la destrucción?

Los celos representan un peligro para mantener mi exclusividad. No puedo imaginarte cenando sushi con otra mujer; se me revuelve el estómago, me lastimas, me das asco. Me haces seguir el camino de los celos, y eso implica mantenerme en una relación de rivalidad cuya única salida es, lo sabes, la eliminación. Emilio, bien sabes que al hacer esto me sometes a un tipo de crueldad perversa.

¿Cuántos hombres, al igual que tú, violentan a sus mujeres? ¿Harán lo mismo para gustarte los encuentros efímeros?

¿Te hacen sentir deseado? En esos encuentros efímeros, ¿dónde quedo yo?

¿En dónde me guardas?

No has llegado, me apagaste el celular. Son las 04:45 a. m. En unas horas te vas a Alemania y ya no te vi.

¡Muero de celos!

Ofelia

3

Subject: Catador de abismos

Miércoles 4 de mayo de 2022
07:02 a. m.

Querido Emilio:

Espero que estés bien. Quería contarte que finalmente pude dormir toda la noche, aunque debo confesarte algo. Intenté masturbarme, pero no logré alcanzar el orgasmo. Es increíble cómo todo está conectado. En lugar de sentir placer, solo terminé llorando. Al menos, logré desahogarme y liberar mis emociones. Escribirte me ha permitido tener un diálogo interno en paz. A veces me confundo entre lo que te he dicho en persona y lo que he escrito. Me cuesta recordar si te he contado todo lo que he escrito o si he escrito todo lo que te he dicho. Los mensajes y las llamadas se mezclan en mi mente.

Tu despedida fue un poco fría considerando el largo viaje que harás a Europa. Pero no quiero hacer un gran problema de ello.

Confundo los mensajes y las llamadas. Tu despedida fue terriblemente fría para un viaje tan largo a Europa. Pero no está de más, si ya te lo he dicho, no me importa;

en esto es necesario repetir. Sí, repetir, las veces que sean necesarias. Dejar ir, sacar todo lo que nos quema. No me imagino quedarme con todo esto, me explotaría el corazón.

Hay que dejar correr el coraje, la angustia, la impotencia, el dolor, la tristeza.

¿Emilio, sientes que me has hecho pagar caro?

Tal vez no tengas conciencia de esto; quiero pensar que me echas a la hoguera sin darte cuenta. A veces pienso que todo esto es a propósito, disfrutas hacerme daño. He pensado que lo gozas, pero es inevitable estar aquí y no sentir dolor. Me quema, me arde y lo más sano es dejar salir el fuego. Seguro algo de mí te ha dolido tanto que, de una manera u otra, buscas pequeñas venganzas. Lo que sí quiero que sepas es que, a diferencia de ti, si en algún momento yo te hice daño, nunca fue intencional. Me voy a buscar un escondite para que, cuando quieras hacerme pagar por tu pasado roto, no me encuentres. Al dañarme, comienzas solo a amarte a ti mismo.

Pretendes pacificarme, pero sabes que por nacimiento no soy pacífica. Te confundes al pensar que, por ofrecerte mi amor, puedes castigar mis virtudes. Creo que al darle luz al pensamiento del otro es ahí donde surge una buena pareja.

Sigo escuchando la voz de mi tía Antonia, repitiéndole a mi abuela:

—Enséñale a tu nieta a dejar a los hombres con hambre. Todo lo que es permanente les aburre, les cansa, les da asco.

—¿Cómo le voy a enseñar eso a mi Ofelia si todavía es una niña?

—Es ahora o nunca.

—¿No amamos ya bastante en nuestra experiencia como para comunicarles a nuestras nietas? Ya lleva tu nombre, no la dejes también llevar tus dolores.

Me pregunto constantemente qué dirían mi abuela Ofelia y mi tía Antonia de ti. La primera en saltar sería mi tía Antonia.

—¡Ese Emilio, que se vaya a la mierda! No cabe la menor duda, Ofelia, que todos, todos, toditos son iguales. Ni con los nietos han logrado mejorar.

Sinceramente, no sé si todos son iguales. No creo que todos sean iguales, al menos no quiero creer eso. Pienso que tiene que ver más con una cuestión de infancia, de las relaciones con la madre y de sus primeras historias amorosas.

Veo a mi alrededor que los romances tienen una vida muy breve. Caíste en esa neurosis de buscar lo que mereces, lo que te decepciona puedes sustituirlo por otra. Temo que esa otra también te decepcionará y será suplida por una tercera y esa tercera por una cuarta y así sucesivamente. Tal vez en sus diálogos a esto se refería la tía Antonia. En un lenguaje coloquial sería "la que no te acomoda la cambias". Da la impresión de que nunca estás satisfecho.

Me has suspendido y me lanzas una mirada como si fuera una arpía. Me dejas a mí por querer entrar al mercado de las relaciones ocasionales. Todavía no puedo con la cena que tuviste previa a tu viaje.

Preferiste ir a cenar con tu "amiga" de toda la vida de la que yo por siete años nunca escuché hablar. Ahora resulta que Lucy ha estado toda la vida. Se me revuelve el estómago de que pienses que soy tan tonta. Insultas mi inteligencia. Ya me imagino tus nuevas conquistas: dos almas en pena, cenando sushi, ambas almas lamentándose de las parejas que tuvieron.

Dime, amor mío, ¿tú y tu nueva amiga se recomiendan libros de autoayuda?

Eso es algo que tengo que preguntarte la próxima vez que me digas que vas a ir a cenar con tu nueva mejor amiga de toda la vida. "Ofelia, recuerda que el desencanto es parte de una buena educación sentimental", decía mi abuela.

La recuerdo con sus ojos color verde esmeralda, repitiéndolo, muy orgullosa de que el abuelo, macho y mujeriego, nunca la llevó a la desgracia. Eso no quiere decir que yo pueda soportar tu tibieza, esa me ahoga. Yo sé que mujeres como yo quieren conservar el adjetivo apasionante, y las personas como tú nos han hecho pensar que nuestros apetitos no son convenientes. Sí, la abuela tenía razón, las reglas del amor para las mujeres son más crueles.

Tu melancolía te ha elevado a la superficie. No sé si ellas, pero yo no estoy dispuesta a sacrificarme a mí misma para salvar mi reputación. Me refiero a que cada vez que me besas me muerdes. No voy a fingir, Emilio, me dueles.

En mi caso, prefiero ser auténtica y romper el protocolo del deber ser en el amor. "Guardarte todo, fingir que no te importa, no demostrar tanto interés. Hazte la difícil, no muestres tu dolor."

No, Emilio. No pienso asfixiarme con eso.

Haces daño y descubro que te gusta hacerlo. ¡Maldito perverso! Te daré la misma bendición que Ulises le pidió a Nausicaä. Cuando Ulises se despide de Nausicaä y se prepara para partir de la isla, le agradece su ayuda y le pide que le conceda una bendición. Ulises le pide que le ayude a llegar a su hogar sano y salvo, y que sea bendecido con la felicidad y la prosperidad junto a su familia.

Nausicaä cumple con la petición de Ulises y le da su bendición, deseándole un viaje seguro de regreso a casa y una vida feliz en compañía de sus seres queridos. Así de fácil debería ser nuestro adiós. Creí en las alianzas, en nuestros juramentos desenfrenados. Creí en nuestros planes a futuro. Siempre fuimos libres, con la única finalidad de poder mostrarnos leales.

Puedes faltar a tu palabra y tienes la omnipotencia del cambio. Estás sediento por buscar lo nuevo. Tu autenticidad de ser infiel conmigo para serte fiel a ti mismo te ha llevado a tener el premio de la traición. Me utilizaste y siento que ahora me haces a un lado. Sí, Emilio, me utilizaste con toda la alevosía y ventaja. Me mantienes al tanto de los constantes cambios de tu corazón, siempre justificando tus malos actos con la bandera de la melancolía. Esa política de honestidad es una maldad del alma. Te autoriza a apuñalarme por la espalda. Eso es lo que me tiene aquí, desconcertada, tratando de entender qué tan hijo de puta eres si no quieres estar conmigo. ¿Por qué no me sueltas del todo de una buena vez? Me mantienes al tanto de tus ganas de salir de mi vida, de quedarte, de conocer más mujeres, de irte a cachitos, de no irte y hacerme tuya, de viajar los fines de semana. Siento que me acribillas a balazos de forma permanente. Lamento el momento en que escuché tu confesión, no porque me guste el engaño y no pueda soportar la verdad. Lamenté que lo hicieras, no por ser honesto y que yo pudiera participar en un encuentro amoroso y ambos tomar la mejor solución para nuestra relación. Lo hiciste solo para causar angustia. *¿Era necesario, ante tu excusa de honestidad, sacarme de esa ceguera tranquila de la que gozan las mujeres enamoradas?*

¿Por qué me dices que tu nueva mejor amiga te va a preparar de cenar sushi como despedida a tus tres semanas de viaje a Alemania? Ahora entiendo, Emilio, que me sometiste a un chantaje, después te quejaste de que fuera insoportable. Me confiesas tus ganas de otra, no para tomar en cuenta mi opinión, no para saber cómo me siento, no por honesto, no para escuchar mi voz, sino para apagar mi alegría. Eso es lo que quieres, no soportas verme feliz, no soportas mi alegría, te hace ruido, rompe con tu presente melancólico.

Es por eso que poco a poco, como serpiente, tratas de devorarme. Quieres comer mi alegría y te juro que no te lo voy a permitir. Eres un agresor pasivo con las mujeres, disfrazado de un hombre caballeroso. Eres un narcisista perverso; haces que caiga dentro de una espiral de dependencia emocional hacia tu persona. Buscas tener el control total sobre mí, sientes el derecho de merecer más privilegios emocionales que yo. Cuando sientes que soy una amenaza para ti, me criticas ferozmente. Has querido acabar con mi autoestima. Hoy me hablas de forma ambigua.

¿Por qué no he logrado entender que con hombres como tú las uniones son imposibles?

Siento que cuando más me menosprecias, más fuerte te haces. Me escogiste por mi luz, por mi alegría, por mi sonrisa, por mi intensidad a la vida, porque sé gozar la vida. Eres capaz de destruir tu propia felicidad con tal de satisfacer tu ego.

¿Cuánto amor propio debo encontrar en mí para no ser devorada por ti? Eres un catador de abismos y tu placer perverso radica en someterme. Al conocerte, lo hiciste a propósito. Me dejaste en silencio y, en lugar de emocionarte por tu encuentro con otra mujer, disfrutaste más de los celos que provocaste en mí. Disfrazas tu vanidad bajo la apariencia de la ley moral.

En lugar de buscar un diálogo conmigo, intentas desestabilizarme con los celos. Estos solo devoran a la pareja antes de romperla. Te has protegido del amor creando escenas neuróticas. Los estallidos de furor que me has provocado han llenado de adrenalina tu vida monótona.

Te has protegido tanto que te has puesto en peligro. He llegado al punto en el que ya no tengo energía para enfrentarte, no podrás extraer nada más de mí.

La constante fricción que buscas en mí para convertirla en unión ya no te la pienso dar. Estoy dispuesta a salir del infierno de la aversión. Tus comentarios hirientes y ese veneno que sueltas ya no me van a hacer daño.

Ofelia

4

Subject: Mi nombre una y otra vez

Jueves 5 de mayo de 2022
06:13 a. m.

Emilio, es impresionante cómo en el amor se puede saltar de un estado emocional a otro en cuestión de minutos. Me pregunto dónde estás, por qué no has contestado mis mails. No sé qué me está pasando últimamente, pero ya no estoy confiando en ti. Siento que nuestro amor está en peligro de ser arrebatado por alguien más.

Quedamos en hablar siempre con la verdad, sin estrategias, sin falsedades, sin mentiras. Así es como me siento. No quiero actuar de manera irracional, pero es algo que no puedo controlar. Sin exagerar, me está quemando por dentro. Me parece imposible respetar tu espacio y tus tiempos. Antes no dejabas esos espacios sin responder. Me siento abrumada por todos estos sentimientos y necesito escribir.

Tuve un sueño que me dejó perturbada. Soñé con tu amiga de toda la vida, de la cual nunca en todos estos años, nunca, había oído hablar; tú estabas con ella de una manera que me hizo sentir completamente desplazada y humillada. Aunque sé que todo esto fue un sueño, la imagen me despertó a las 05:04 a. m. y se me quedó grabada, me generó náusea. La idea de que puedas estar con alguien más me aterra y me hace sentir mal. Sé que puedo sonar egoísta, pero no puedo evitarlo, simplemente no puedo. La razón es simple: este sueño me hace sentir una ruptura emocional contigo.

En el escenario de mi mente, te veo a ti y a ella, envueltos en una danza prohibida en la cocina. Sus manos, sumergidas en el agua del arroz, y tú, con un gesto audaz, levantas el vuelo de su falda, desvelando una intimidad que solo a mí me pertenece. El sonido de la piel chocando se mezcla con susurros ardientes, mientras desabrochas tu pantalón y te entregas a un fuego que también creo que solo a mí me pertenece.

El dolor y la impotencia se apoderan de mí mientras observo este espectáculo desde las sombras de mi inconsciente. Grito en silencio, mi voz se pierde en la oscuridad de la noche. "¡No!", clamo con todas mis fuerzas, pero mis palabras son solo suspiros ahogados en el aire.

En un torbellino de emociones, mi cuerpo se estremece y se retuerce, como si la realidad del sueño se filtrara en mi ser. El deseo de poseerte, de ser la única en tus pensamientos, se convierte en un nudo en mi garganta, en un grito desesperado por aferrarme a lo que una vez fue nuestro.

Despierto abruptamente, empapada en sudor y lágrimas. Mi mirada se encuentra con el espejo, testigo silencioso de mis tormentos. En su superficie reflejo una imagen desgarrada, soy yo, esa mujer que lucha entre la realidad y los confines de su propia imaginación.

La brisa nocturna acaricia mi piel, mientras los recuerdos del sueño persisten en mi mente. Las sensaciones se entrelazan, el frío del aluminio de la barra, el susurro del viento en mis oídos, mis manos temblorosas sosteniendo mis piernas abiertas, en un gesto de entrega que solo a ti te pertenece.

El sueño y la realidad se entrelazan, y en mi corazón se avivan los celos, como un fuego que consume mi ser. No puedo soportar la idea de verte en los brazos de otra mujer, de que tus suspiros se mezclen con los suyos. Maldita sea mi imaginación, que me tortura con visiones tan reales que mi alma se desgarra en cada instante.

Así me encuentro, luchando contra los celos que se tejen en los hilos de la noche, aferrándome a la esperanza de que el amor que una vez nos unió prevalezca sobre todas las sombras que intentan separarnos.

¿Acaso me amas? ¿Qué represento para ti? ¿Un verdadero amor, un objeto de deseo o un simple capricho? En efecto, lo que realmente crea vínculos entre las personas, más allá de la mera relación, es el deseo, el desencanto, la decepción y los recuerdos de nuestros primeros amores.

¿Cómo fue esa relación amorosa con tu madre? ¿La viviste acaso como una víctima de un hombre que la abandonó por otra mujer? Una mujer que nunca más encontró el amor, que nunca se permitió rehacer su vida, una madre que, si bien estaba presente físicamente, se encontraba ausente emocionalmente. Una mujer sumida en el sufrimiento, herida por los celos y el abandono. No tengo dudas de que su dolor lo has hecho tuyo. Te lo menciono porque, a estas alturas de mi aprendizaje, he comprendido que nuestros amores no son más que reflejos de nuestras relaciones más tempranas. Supongo que has buscado herir a tu madre en todas las mujeres que te amamos.

Las quieres lastimar por no haber estado ahí, por no haberse levantado de ese dolor, por no ponerle límites a su depresión, por haberte abandonado y estar metida en sus celos. Tu madre no fue capaz de mirar al hijo que se quedó sin padre, al hijo que se quedó solo. Tú, Emilio, te protegiste y, para sobrevivir, te has identificado con tu padre; para no sufrir, te has convertido en el agresor de las mujeres que te aman. Te has hecho una idea de que el amor de las mujeres lastima; todo esto lo supongo, de lo contrario eres un monstruo.

He estado tan cerca de ti, de tus miedos, de tus dolores, de tu infancia, de tus traumas, los he hecho míos, los pienso, los analizo, los huelo; y al mismo tiempo he estado tan ausente y lejana a todo ese mundo tuyo. Tus traumas los he abrazado como propios, los he sopesado en mi mente, los he diseccionado en análisis minuciosos, los he percibido en su esencia olfativa; y, sin embargo, en medio de todo ese universo tuyo, me siento distante y remota, como si la corriente de vida que nos une se desvaneciera en el horizonte.

En la actualidad, los amores se rehúsan a tomarse el tiempo para escuchar las historias del pasado. Tú, con tu habilidad para incendiar mi ser, me haces sentir como si fuera la única persona que ha estado a tu lado, pero al mismo tiempo me señalas descaradamente por no prestar atención a tu tristeza. Me obligas a consumir los recuerdos rancios de tu pasado, como si fueran gusanos en mi mente. ¿Por qué lo permito? ¿Por qué me dejo consumir por tu enojo disfrazado de tristeza? ¿Por qué siempre soy yo quien debe abrazar al niño abandonado? ¿Por qué tengo que soportar los insultos de Beatriz, tu exmujer?

¿Cuál es mi recompensa en todo esto?

¿Existen siquiera recompensas en el amor? Ahí radica lo absurdo: el amor no tiene recompensas. Contigo aprendí que el amor absorbe la sangre de los que amamos. Nos mantenemos vivos imaginando que algún día seremos correspondidos. En un solo beso me habitas, te adueñas de mí, me penetras, me invades, me tomas, me arrebatas por un fugaz instante, solo por un instante me llenas de saliva para limpiar mis ganas de irme de ti.

Ese instante se apaga cuando te das cuenta de que has ganado la guerra y que ya me quedé una vez más invadida por tus besos. Recuerda que soy necia y quiero luchar y luchar una vez más por nosotros.

Quedas tranquilo y vuelves a tu comodidad victoriosa. Sonriendo para tus adentros, sabes que todavía eres dueño de mis deseos.

¿Qué veo en tus ojos que me atrapan como hechizo? ¿Por qué quiero entrar en ellos? Tu mirada me lleva a un lugar desconocido. A veces me encuentro en ellos, oscuros, apagados, guardan algo, no sé qué es lo que han visto que se han apagado. Les falta luz, agua, alegría. Pero ahí estoy necia, insistiéndoles que me miren, que me vean, que me descubran. Ahí estoy yo parada frente a ellos casi gritándoles para que me oigan.

Pero ellos no me ven y tú te burlas de mi súplica, saben reírse de mí y han gozado mirando el hambre que tengo de ti. Según yo este sería el amor más bonito que he tenido nunca. Y cuando ya me veía dando gracias a la vida por haber encontrado a un hombre a quien entregarme para poder amarlo sin límites me vi metida en una horrenda pesadilla.

Desearía poder conservar tus besos en mi caja de madera, junto a mis tesoros más preciados. La caja aún exhala el aroma de la madera antigua, guarda tres pétalos de rosa marchitos, como nuestro amor. A pesar de estar secos y muertos, encuentro una extraña belleza en ellos.

También conservo en ella un trozo de una bata de seda morada que perteneció a mi abuela, un mechón de dos rizos rubios de mi primer amor, un arete de diamante sin su par, y una piedra del cementerio que juntos tomamos de la tumba de Cortázar. Me has confesado en ocasiones que no te agrada tanto Cortázar. ¿Qué nos depara el destino, Emilio?

Nos hemos visto obligados a enfrentar aquello que nos lastima del otro, sabiendo que proviene de nuestras historias.

¿Será que con ella también haces ruidos como conmigo? ¡Maldita imaginación! No puedo con la idea de verte en los brazos de otra mujer; que no soy yo la que te hace el amor antes de cenar. Lo hicimos tantas veces en la cocina que todavía tengo la sensación de poder sentir tus besos en mi cuello, tus manos alrededor de mis caderas, tu lengua dibujando la línea de mi columna de abajo hacia arriba. Mi piel reacciona de forma involuntaria al sentir el aire que expulsas por la boca y por la nariz al gemir. Bajo la piel se esconde un pequeño músculo que al sentirte tan cerca crea una capa de aire alrededor del cuerpo y los vellos se abren para protegerse del frío.

Sigo escuchando tus sonidos profundos de deseo, incluyendo mi nombre una y otra vez. Siento una intensa sensación de frío y un ligero temblor, acompañado de una terrible necesidad de llorar. Te busco en la cama, mi mano entre las sábanas. ¡No estás! Recuerdo el sueño y vuelvo a sentir celos. Me doy cuenta de que eres un pilar en mi vida. No sé si es absurdo pedirte que necesito más de ti. ¿Debo desengañarme y perder las esperanzas? ¿Por qué tengo la sensación de que ya no estás aquí? He pasado el resto de la mañana pensando en nosotros. Últimamente siempre estás de mal humor. Siento como si estuvieras reservando tu amor para alguien más. Estás creando una distancia helada entre nosotros. Me siento a tu disposición emocionalmente. Esta mañana el sentimiento me ha abrumado. Me pregunto por qué necesito más de ti.

¿Por qué tú no estás necesitando de mí? Me duele la tristeza de no recibir más llamadas a mitad de la mañana, hace mucho que no interrumpes tus reuniones. Me cuesta aceptar esta nueva situación que ha surgido en nuestra relación últimamente. Te he preguntado qué ha pasado y me has respondido que es mi condición de mujer la que me hace tener esas susceptibilidades. Además, me has preguntado

en qué día del mes me encuentro, como si mi lejanía la sintieras por mis cambios hormonales. Es ahí donde las mujeres nos engañamos, buscando si todo es nuestra culpa y dudando de lo que sentimos. Me levanto con dificultad de la cama para tomar mi celular y ver si has enviado algún mensaje de WhatsApp. Tengo puesta tu playera blanca, me gusta dormir con ella, ya huele más a mí que a ti. Deseo poner a calentar un té de los que me trajiste de Inglaterra. Lo tomo con cuidado y aun así me quemo el labio. Me sabe amargo, no sé si es el té, tú o soy yo. ¿Me amas? ¿Nos amamos? ¿Alguna vez has corrido detrás de un amor?

¿Será acaso mi instinto de supervivencia el que no acepta la realidad? ¿Será que todos los amores son efímeros?

Quiero regresar el tiempo, volver a reír a carcajadas. Las estoy buscando en cada esquina, trato de recuperarlas, pero el alma, cuando está triste, difícilmente ríe. Por eso te lo pregunto directamente: siempre me has dicho que mi actitud es desafiante y que tengo una naturaleza protectora y bastante salvaje.

¿Será que me estoy protegiendo? Solo puedo intuir que hoy no te siento, hoy ya no estás aquí.

¿Es que todos los amores se apagan después de un tiempo?

Ofelia

5

Subject: La náusea de Sartre
y nuestro backgammon

Viernes 6 de mayo de 2022
09:37 p. m.

Emilio:

Quiero comprender todo este sentimiento y poder desmenuzarlo.

¿Será que quiero encontrar una justificación ante mis propios ojos, hacerte una historia triste, dolorosa y, de ese modo, entonces, darte el permiso de poder lastimarme? ¿De dónde surge el lazo entre dos personas que se aman?

Me gusta pensar que del deseo, de querer ser parte de la mirada del otro. Nuestro vínculo surgió de miradas, de la atención que brindaste; sí, tus ojos puestos en mí, de tu necesidad constante, de querer saber a cada rato dónde estaba, qué hacía, con quién estaba. Nos aferramos el uno al otro para no soltarnos.

Creo que la complejidad de nuestras emociones se encuentra en la dinámica de la relación. La forma en la que nos conectamos, nos atraemos y nos odiamos hoy, todo eso nos pasa al mismo tiempo. Es un juego emocional que cuesta mucho trabajo entender, pero esta dinámica nos mantiene aquí.

¿Será que esta es la verdadera esencia del amor? Una montaña rusa de emociones, donde el miedo y la incertidumbre se mezclan con la pasión, el deseo y nuestros pasados. Estas noches de insomnio, las palabras se atascan en mi garganta y la angustia se apodera de mí; y discúlpame, pero no puedo evitar pensar:

¿Cómo fue tu relación amorosa con tu madre?

La primera vez que me hablaste de ella estábamos caminando en la orilla del mar, las olas nos llegaban a los pies y la espuma desaparecía entre nuestros dedos. Te detuviste para besarme, tus besos con sabor a sal, tu lengua sedienta de mí, incrementaron mi deseo por saber todo de ti. Te pregunté por tu mamá y dimos siete pasos más, pero al escuchar mi pregunta, soltaste mi mano.

Te fuiste junto con la ola, tu sonrisa se borró y hubo silencio. Seguimos caminando, interrumpí por incomodidad. No volviste a tomar mi mano, te fuiste rumbo al hotel y el sol se escondió en el mar en cuestión de segundos. Logré ver el reflejo de la luna y también el planeta Venus. Tenía la sensación de que, si estiraba la mano y me paraba de puntitas, podría tocarlos. Al regresar mi mirada hacia ti, ya estabas hasta arriba de las escaleras. Recogiste las toallas, las entregaste y por primera vez te vi de mal humor. Hiciste una bola con tu playera azul y la metiste de mala gana en mi bolsa de playa, junto con tres libros y el bronceador. Lo saqué ya que la tapa mal puesta manchó el libro que estabas leyendo sobre la Segunda Guerra Mundial. Debo confesar que me alegré al ver que no era el mío, *Náusea*, de Jean Paul Sartre. Esa mañana me leíste en la alberca, escuchar las palabras de Sartre en tus labios me pareció fascinante, pero esa noche no hubo más lecturas, ni besos salados, ni caricias. Solo silencio y mal humor. Respeté el dolor, entendí el daño. El sueño nos venció.

Al día siguiente, cuando desperté, te encontré sentado en el balcón con una taza de café en la mano y mi libro de Sartre en la otra. Me acerqué a ti, te di un beso en la mejilla y te pregunté si querías hablar de tu mamá. Me miraste fijamente a los ojos, suspiraste y luego me besaste en los labios. Entendí que tu relación con ella había sido complicada, llena de altibajos, de amor y de dolor. Ahí comprendí un poco mejor quién eras y por qué te comportabas de cierta manera. Nos acercó más como pareja y surgió una gran confianza. Comenzaste a leerme el libro y en esos momentos mi corazón latió con una fuerza brutal. Me recosté en tu pecho, acariciándote; interrumpías la lectura para besarme en la cabeza. En tono amoroso dijiste: "Te confieso algo". Yo respondí: "Sí". Y entonces dijiste con vergüenza: "Nunca había leído a Sartre". Me besaste. Tu confesión me sorprendió muchísimo, pero me gustó tu honestidad. Me sentí importante al ser yo quien te lo presentó.

Pasamos horas leyendo. Después de desayunar, bajamos a la alberca y jugamos seis partidos de backgammon, pero no pude ganar ninguno. Hablamos de la novela y del personaje Roquentin, de la existencia. Ahí me di cuenta de que podía envejecer contigo. Te permití sumergirte en mis libros, leerlos por mí. Cerré los ojos y fuiste mi voz. Nunca había compartido la lectura con nadie, siempre he sido muy celosa de mis momentos de soledad. Discutimos sobre lo que Sartre quería decir cuando afirmaba que "el hombre está condenado a ser libre". En algunas cosas no estuve de acuerdo. No sé si lo dijiste a propósito, pero, ahora que lo pienso, tal vez sí. Desde ese momento supiste cómo desestabilizarme y por eso me desconcentré en el juego y perdí.

Me enfoqué en decirte que no era posible que no estuvieras de acuerdo, que el hombre es absolutamente responsable de todos sus actos. Aquí las religiones quedan fuera, y aunque no eres muy religioso, eres un hombre de fe.

Insistí en que entendieras que tenemos la responsabilidad de nuestros actos en esta vida. Creo que eso fue lo que te molestó, el hecho de que no nos permite adoptar el papel de víctima. Por eso incomoda a tanta gente el existencialismo, ya que pone en nuestras manos la responsabilidad de nuestro pensamiento y sentimiento. Todo se resumió en que me ganaste un masaje en los pies. Terminamos haciendo el amor apasionadamente. Pensé que podría dejarte ganar todos los partidos de backgammon a cambio de que me vuelvas a leer a Sartre.

Ofelia

6

Subject: Certezas inmediatas

Sábado 7 de mayo de 2022
07:37 a. m.

Emilio:

Hoy mis ganas de escribirte me han traído aquí antes de prepararme un café. Tengo puesta la bata azul que me regalaste, me queda grande, pero aún siento que al arroparme con ella es como tenerte aquí. No sé si es ella o soy yo, pero una de las dos conserva tu olor. Tengo la necesidad de plasmar mi sentir con urgencia, ya no tengo desconfianza en mis propios sentimientos, ya no falseo ni engaño. Mis desilusiones me han convertido en una mujer creativa, no me han quitado ni lo salvaje ni lo ardiente.

¿Me conoceré a mí misma? Al escribirte, me pone en el camino de mi autoconocimiento. Al menos eso siento.

No lo sé, he tenido varias terapias. He escrito hasta quedarme dormida sobre mis letras. Mantengo un diálogo conmigo misma como ahora, sin pretensiones. He hecho una gran inversión en mis emociones, conozco mis umbrales. He cumplido los deseos de mi piel, he roto prejuicios. Me he llevado al éxtasis. No sé honestamente cuántas veces he renunciado a mí misma, puse mucha miel en mis sentimientos.

Incluso cuando no te lo merecías, mi amor por ti nos empalagó, nos saturó, nos asfixió. La inocencia del amor tiene algo conmovedor, pensé que siempre me necesitarías. Pensé que gritarías mi nombre. ¿Quién en su sano juicio piensa que la entrega absoluta de amor al otro le va a devolver respuestas favorables?

Tengo las manos frías y mi frente también. Me estoy dando cuenta de que estoy pidiendo garantías.

¿Estoy gritando por "certezas inmediatas"?

Tal vez tú y yo somos idénticos. *¿Seré igual de estúpida que tú?*

¿Será que soy igual de ingenua que tú? Aunque tenga la capacidad de expresarlo de manera más elegante, eso no me quita lo tonta. ¿Qué me hace suponer que mis sentimientos son los verdaderos y los tuyos son falsos? ¿Acaso no es normal que el amor nos tome por sorpresa? ¿No es de los corazones traicionados de donde nace la poesía?

Olvidaré tu nombre, Emilio, y olvidaré tus historias. ¡Maldigo el amor que siento por ti, porque me duele! El amor, la búsqueda del verdadero amor, son palabras difíciles. Estoy dominada por mis pasiones, solo escucho la realidad de mis instintos y hoy no tengo ganas de ti, no me basta con entender eso.

No basta con que comprenda que no respiras mi oxígeno. "Siempre te amaré". Qué frase tan horrible para decirle a una mujer. Tu frase es superflua, carente de espíritu, vacía, idealista, falsa, empalagosa y soberbia. No soy esa mujer que toma el amor a la ligera, no paso en silencio las cosas. Yo sé que la dulzura proporciona condiciones más favorables.

Decía mi tía Amelia: "Calladita te ves más bonita". Pobres mujeres, ni quien las viera, que calladitas se van secando. Dicen que para ser buena esposa se tienen que quedar calladas. En silencio, calladas, sin ilusiones. Una buena esposa se ha hecho máscaras, todo lo que es pudoroso, todo aquello que no se escucha, toda aquella que se atreve a callar termina odiándose.

Esas máscaras se las ponen las esposas para poder cumplir con el papel y las expectativas que se les imponen a las mujeres en la sociedad. La metáfora de la máscara le ha hecho tanto daño a la mujer, pero yo no estoy dispuesta a usarla contigo, Emilio. Las mujeres deben mostrar una imagen de perfección y conformidad, ocultando sus verdaderos sentimientos, deseos y personalidad detrás de una fachada de sumisión. Esta máscara implica que las mujeres deben cumplir con las normas y expectativas de la sociedad, como ser una esposa perfecta, una madre dedicada y un ama de casa impecable. Una novia atenta, una compañera de vida, una amante perfecta. Deben ser siempre amables, delicadas, atentas y estar dispuestas a sacrificar sus propias necesidades y deseos en beneficio de los demás.

Esta presión social puede ser abrumadora y restrictiva para las mujeres, ya que se les exige que se ajusten a un ideal inalcanzable y les impide expresar su verdadera identidad y potencial. La máscara de la mujer en la sociedad puede generar sentimientos de frustración, insatisfacción y depresión, ya que las mujeres pueden sentir que no están viviendo su vida de acuerdo con sus propias aspiraciones y deseos. Pero hay mujeres como yo que estamos desafiando estas expectativas y luchando por la igualdad de género, buscando vivir una vida auténtica y plena, liberándonos de las limitaciones impuestas por personas que perpetúan el machismo.

¿Cuántas esposas se odiarán por quedarse calladas?

Pérfida es aquella que se oculta detrás de lo que ella desea y no se atreve.

Son de las que más me avergüenzo, esas son las que más te gustan a ti, las que no reclaman, las que no cuestionan, esas que no se atreven a hacer nada por sí mismas.

¡Si son capaces de callar su propia voz, son capaces de todo!

Tal vez no he sido del todo consciente del peligro que ha corrido mi vida al levantar mi voz, al hacerme escuchar, al tirar la máscara y escupirle a la cara a todas las religiones que han querido someterme. No quiero jueces falsos, ya que estos se convierten en cárceles y te llevan a los rincones. Mi voluntad de vivir se ha intensificado en momentos como este. Cuando siento que mi soledad me abraza, cuando siento peligro en todo lo demás, me siento empujada al abismo de aprender de mi dolor. Me asusta la dependencia a cualquier cosa; las religiones me provocan asco, las personas me provocan tristeza.

Sin embargo, confieso que en esta caída al abismo me da coraje no sentir tus halagos, me causa dolor no sentir tu dependencia a mis besos. Arde mi pecho al no tenerte cerca. ¿De qué se alimenta el amor? Escucho cómo a todos les enorgullece decir: "Me ha dicho que soy el amor de su vida, que no puede vivir sin mí, que no ve su vida sin mí". Discurso engañoso que a todos nos encanta escuchar. Emilio, tú me lo decías, todas las mañanas en cada "buenos días" y en cada "buenas noches, mi amor".

Ahí pensé que decías: "Ofe, no puedo vivir sin ti". Nunca me gustó mi nombre, hasta que lo pronunciaste con tu voz ronca, seria, formal: "Ofelia, Ofelia, te amo".

No eres de esos hombres que tienen el "te amo" en la punta de la lengua. Dices que son contadas las mujeres a las que has amado. Siempre has llevado una vida del deber, poco sociable, más amigo de los libros que de las personas. Puedo jurar que si alguien escuchara mi pensamiento, si pudiera gritar este pensamiento, sabrían que mi corazón no lamenta haberte creído y mucho menos haberte amado con tanta locura. Hay sombras de tus caricias en mi cuerpo. No puedo evitar querer sentirlas de nuevo. ¡Mira que soy ingenua e inexperta para estas cosas del corazón! Me he hecho una idea sobre el amor y en ella no hay malicia. He querido buscar falsas recompensas, historias inventadas.

¡Qué jodidas estamos las mujeres pensando que el amor tiene su recompensa!

Miles de veces agarro el celular para mandarte un mensaje con la intención de decirte: "¿Qué tan consciente te has hecho de tu amor propio y querer guardarlo solo para ti? ¿Me has dejado por otra mujer, sin tenerla?".

No me lo creo. A menos que me consideres una imbécil y no me tengas el mínimo respeto, no puedo creer que pienses que me creo esa historia. Recuerdo la primera vez que te vi. Olfateaste mi cuello. Llevabas puesto un abrigo de invierno negro. Era tu cumpleaños. El pelo negro te caía sobre la frente. Me tomaste de la cintura para una foto, te adueñaste de mi cuerpo como si supieras que iba a ser más tuyo que mío. Tenías un aire de saber tu lugar, penoso, a la vez seductor, en ese momento no supe leer.

Elena, mi amiga, con su mirada azul cielo, encantadora, te miró a los ojos y le devolviste una sonrisa coqueta. Susurró a mi oído: "Qué tipo más raro".

Te miré y tus ojos se clavaron en los míos, en mi escote, en mis pupilas, en mi escote. Tus ojos me mordían y a la vez eran tristes.

Me enganchó tu mirada inteligente, triste y despierta, coqueta. Tu voz ronca me cautivó y tu timidez no la entendí con tu mano en mi cintura. Me dejaste una impresión de extrañeza. Quizá fue eso lo que me cautivó. A todos los que te conocen les das la impresión de ser un hombre serio, superior, con talento.

¿Quién más que yo conocerá tu parte oscura?

Me asusta entrar en la mía, creo que ni siquiera puedo asomarme a ella. Estoy dispuesta a hacerlo. Perdí tanto tiempo, tantos años entendiendo tu oscuridad. Lo peor es que nunca logré que dejaras de odiarte a ti mismo. Te has fijado una cuota constante de sufrimiento, quizá por eso no me permitiste libre acceso. Sabías que me iba a dar cuenta de ese hombre que llevas dentro, sabías que era un reto estar con una mujer como yo. Por eso no te cansaste tan fácil de mí. Entré a la fuerza y mi soberbia te quiso salvar de ese hombre perverso en el que te ha convertido el dolor de las mujeres que te han lastimado. Se acabó la conquista en el momento que te amé. Esta lucha te llevó tiempo, por eso fueron tantos años, trataste de someterme, dominarme, rompiste todas las reglas. En tus planes nunca estuvo querer ayudarme. Soy necia, como ese gusano que no se deja matar de una sola vez ni con varios golpes, herida sigo luchando, me faltan partes, pero no me doy por vencida. Recuerdo el día que te llamé gritando: "¡Si no me vas a ayudar en nada, al menos no me metas el pie!". Entendí que siempre antes de mí estaría tu puesto impecable, honorable. Nunca te vi dispuesto a hacer nada por mí, por mi trayecto, por levantar mi vuelo. Tu egoísmo jamás te hizo ponerte en riesgo por la mujer que amas. Emilio, uno no puede amar desde la comodidad, el amor implica riesgos.

Tú no me amabas, tú me hiciste creer que me amabas para curar tus partes rotas. Para sanar tus heridas y para hacerme pagar todas tus facturas.

Antes de prepararme el café, me gustaría que supieras que ya dejé entrar a ese extraño en mi vida.

Ofelia

Mensaje de WhatsApp de Emilio
04:00 p. m. (horario de México)

Mi cielo, ya vi que me has mandado muchos correos. Salgo a tomar una copa con mi equipo. Luego los leo.
No me ha dado tiempo de leer ni uno solo. Estoy muy enojado, no me has mandado ni una foto tuya. Regálame un poco de tu tiempo. ¿Te puedes tomar una foto y mandarla ahora mismo?
Te necesito ver, mi amor. Y si es desnuda, mejor.

Mensaje de WhatsApp de Ofelia
04:13 p. m.

Emilio, es absurdo lo que dices. Llevo del lunes a sábado escribiéndote sin respuesta. Todos los días te he escrito un correo. Parece que no te has tomado ni un minuto en toda la semana para leerme. No voy a discutir por WhatsApp, realmente no lo voy a hacer. Te deseo lo mejor con tu equipo.

04:24 p. m.

Te voy a leer, enojona, preciosa. ¿Mi foto?

04:32 p.m

[Foto de Emilio mandando un beso.]

5:34 p. m.

[Foto del equipo de trabajo de Emilio.]

7

Subject: Mi amigo de Instagram

Domingo 8 de mayo de 2022

09:32 a. m.

Emilio, veo que no me has leído aún. "Luego los leo", ¿de verdad? ¿No te ha dado curiosidad? ¿No te ha importado nada de lo que tengo que decir? Si te dio tiempo de pedirme por WhatsApp una foto desnuda... ¿A qué juegas? Me encantaría llamarte y darte los buenos días, ser sincera y decirte que me duele lo que me has hecho, que te detengas, que no sigas haciéndome daño. También me gustaría decirte que he comenzado a hablar con un nuevo amigo extraño de Instagram, he dejado que me distraiga y me ayude a no pensar tanto en ti. A pesar de estar a miles de kilómetros de distancia y tener diferentes culturas y horarios, él me entiende y sabe que estoy disponible para él. Obedecer a un extraño me ha resultado placentero y embriagador. Sus mensajes han sido salvadores. Mientras tú disfrutas dejándome con una herida abierta, él me deja con un sentimiento de emoción por las noches. Leerlo antes de dormir me ha hecho no pensar en lo triste que te has vuelto.

En tus libros de autoayuda, aquellos que te gustan, debería encontrarse: ¿qué es lo primero que debes hacer si un hombre te rompe el corazón? Buscar lo antes posible a alguien que te ayude a sanar tus heridas. Este alguien se llama Claudio, aunque en realidad no importa su nombre. Sus mensajes son tan acertados que he llegado a pensar en varias ocasiones que se trata de una mujer. Ha estado dando likes en mis publicaciones desde 2019, y ha escrito comentarios ingeniosos e inteligentes. Finalmente, hemos comenzado a comunicarnos a través de Instagram, la misma noche en la que Lucy te invitó a cenar. A pesar de tantos años de comentarios y likes en mis publicaciones, eso no justifica lo sucedido. Sin embargo, este extraño se ha vuelto completamente familiar para mí. Sus palabras siempre han tenido un mensaje acertado para mi estado de ánimo y, a medida que pasa el tiempo, empiezo a percibir cierta intimidad en sus mensajes.

Ha intentado llevarme al terreno del deseo.

Ofelia, mójate, por favor, imaginándome en la oscuridad de la noche. Abre las piernas, húmeda como miel, temblorosa, trémula, gozosa. Siénteme cerca de ti. Deséame, inquieta. Imagino que me cabalgas, que eres de carácter dominante y, a la vez, te sometes a mi deseo desbordado por ti.

¿Por qué no puedo yo ser generosa y dejarme endulzar la mente con el mensaje de un extraño? Conquista algo puro en mí. No lo conozco, no me hará daño. Se encuentra tan lejos de mi país que me hace sentir a salvo.

He descubierto la belleza en lo desconocido. Me gusta el fuego, el deseo mutuo. Sí, lo sé, te molestarás muchísimo al saber esto. Lo sé, pensarás que estoy en ruinas. Tal vez sea venganza hacia ti, hacia tus tratos, hacia tu indiferencia, hacia dejarme desnuda en el piso junto al comedor. No lo sé. Lo que sí sé es que necesito tener nuevas esperanzas.

¿Todo corazón roto no debería hacer lo mismo?

Tengo que seguir viva, no importa cuánto me hayas lastimado por dentro. Lo único que tengo que hacer es seguir viviendo. Pensarás que estoy fuera de mí, tal vez lo estoy, pero darle entrada a un extraño me ha ayudado a mantener mi entusiasmo. Me parecen sagrados sus mensajes; los tuyos se han vuelto tibios, rutinarios, robóticos, y tienen un filo que me corta por dentro. Mi alma tiene deseos de alegrarse, pero tú la entristeces. Veo cómo se va apagando la magia de nuestra relación. "Buenas noches, buenos días, empiezo una junta". No hemos nutrido nuestro amor. Si retrocedo en el tiempo, veo cómo te alimentas de mi energía, de mi luz. Hoy este amor me expone a miradas críticas, si tan solo supieran que me dediqué a lamer heridas. Jamás lo pondría en un diario, tampoco en una novela, parecería ficción. Aquí se cuenta una realidad, aquí hay un dolor que viaja a realidades escabrosas, sin egos, sin pretensiones, con enormes contrariedades, pero con una gran intimidad.

No dejaré pasar a nadie; no quiero perder nuestra intimidad. Extraño nuestras conversaciones políticas, filosóficas y, más que filosóficas y nada, nuestras apasionadas discusiones. Ahí se ponía de manifiesto nuestra conexión. Las palabras me excitan; en ellas está el secreto de poder intimar con alguien. Quizá por eso mi amigo, mi extraño, mi extraña, lo que sea, me prende, me intriga, me excita. Tiene la inteligencia de hacer vibrar las palabras y me lee en estados emocionales, va más allá. Domina el lenguaje de la seducción y de lo que necesito.

Maneja un adecuado control de lo que tiene que decir y lo dice de cierta manera que llena tu ausencia, tu vacío, tu desamor, y lo más importante es que sus palabras son tan atinadas que confieso llega a humedecerme. ¿Puedes ver que humedezco con otro? Me tienes tan segura y eres tan arrogante que sabes que por ahora que si otro me excita es porque mi mente juega a que eres tú. Cierro los ojos después de cada mensaje de él y deseo con toda el alma que esos mensajes fueran tuyos. Te veo mientras duermes, indefenso, inmóvil, entregado al cansancio, sin máscaras, ahí no me haces daño. Dormido me amas.

Confieso que extraño tanto tu voz, suave, grave y pausada que por muchos años me ha dado tanta calma. Emilio, hablas como si supieras siempre lo que dices. Sonrío al recordar que en cada discusión ambos debatimos por dejar nuestra huella de autoridad.

¡Ay, Emilio! Por siete años pegué tus pedazos rotos, te acompañé en tu rancia y patética soledad. Me necesitabas porque estuviste desesperado, me necesitaste para aprender a vivir, a bailar de nuevo, hasta aprender a dormir.

Te llevé de la mano como ese niño asustado a cerrar los ojos, y me entregué tanto a tu necesidad que me aseguré de que supieras que, al abrirlos, ahí estaría besándotelos, llenándolos de amor, tragándome cada una de tus lágrimas.

Con palabras cariñosas quise llenar tu insomnio de las tres de la mañana al besarte los párpados cansados. Los lunes silenciosos, malditos lunes, todo el trabajo de conquista de la semana se borraba el lunes, pero nunca te solté de la mano, te acompañé lunes tras lunes, ofreciendo esperanza, lamiendo tus heridas, llevando el aroma del café para llenar tu vacío. ¡Estuviste agradecido, pero nunca enamorado!

Eso fue más malo para ti que para mí. No cabe duda de que el que ama pierde la violencia del espíritu y recupera un alma bondadosa. Tuviste cuidado en tus emociones y parecía que necesitabas el permiso de mamá para entregarte a otra mujer. Tu mirada desencajada evitaba la mía cuando yo hablaba de amor. Yo sabía vivir de buena manera el momento, sin importar el instante, era alegre, soñadora y para tu visión bastante histérica.

Me acuso de haber buscado constantes soluciones para nuestro amor. Te quise llevar a la superficie a que tomaras el sol, respiraras aire y quisieras salir a nadar conmigo y así olvidaras a tu exmujer. Sin embargo, entre más te salvabas, más me hundía. Pensé que el amor lo salva todo, juré que curaba todo. Puse mi historia a un lado y me dediqué a escuchar con profunda seriedad la tuya. Tu tristeza me arropó, más tarde me dio coraje al descubrir que en tu dolor había comedia.

Hoy me hace mucho más sentido lo que dijo Kierke-
gaard: "Más pierde el que pierde la pasión que el que se
pierde en la pasión".

Ofelia

8

Subject: La Venus de Emilio

Emilio, con lo que te conté, quizá pienses que soy una fiera desleal y una mujer que se ha vuelto loca. Y, tal vez, sí, así voy de un lado a otro, divagando, perdiendo el rumbo. Pero cada vez que él me escribe, comienza a llenarme de ilusiones. Me brinda un poco de esa alegría que necesito.

Me recuerda lo más íntimo que habita en mí, me recuerda que no podemos vivir como algo que no somos. Llevo meses pretendiendo que estoy bien, fingiendo una sonrisa, para que me veas fuerte, digna de volver a mí. Pero eso es mentira, Emilio. La realidad es que estoy desesperada por volver a sentir amor, sentir deseo. Quizá, no de ti. Siento que podré encontrar esa fuente de energía en otro lugar.

¿Acaso no todos los seres humanos queremos sentir eso?

Emilio, te estás diluyendo como arena entre los dedos. Ya no te retengo. Claudio, sí, Claudio; ya no es más él de las manos grandes. Tiene un nombre, pero no tiene un rostro. Es más importante que tenga un nombre a que tenga un rostro, los rostros se olvidan, los nombres se quedan. Siempre se nos guardan en algún lugar de la memoria. Hay un lugar para los nombres. Claudio ha intensificado sus mensajes y temo confesar que me inquieta no solo el deseo que provoco en él, sino la inteligencia con la cual habla, un idioma que no le viene de cuna. Me habla como si me conociera, como si en algún momento ya me hubiese olido, como si en algún instante hubiésemos cruzado risas, miradas, palabras. Hay algo en sus mensajes que me atrapa y me aterra. Y el estar contándote esto me hace sentir esa hada maligna que tanto has visto en mí.

¿Será la culpa de no poder permitirle el acceso a alguien más que no seas tú?

Recuerdo cuando visitamos juntos el Museo del Louvre y admiramos la Venus de Milo. En ese momento, me abrazabas por las caderas y me decías que me veías como una creación divina, que mi cuerpo era hermoso y que amabas cada parte de él. A veces, hacías tanto énfasis en mi cuerpo que me hacía pensar que tal vez no apreciabas mi espíritu de la misma manera. Pero no puedes separar mi cuerpo de mi alma, ¿verdad? Me preguntaba si tal vez lo habías hecho.

Recuerdo que me contaste que la encontraron en dos piezas, semienterrada. Me dijiste que una teoría dice que se rompieron durante un enfrentamiento en 1820, cerca de la costa de Milos, cuando marineros turcos y franceses competían por la posesión de esta obra de arte.

"Así pelearía por ti si alguien intentara separarte de mi vida. Te arrancaría los brazos, Ofelia, para quedarme con algo tuyo." Me besaste con amor, oliste mi pelo y agarraste mis caderas con fuerza para que nunca olvidara ese momento. Dijiste que era la Venus de Emilio. Me quitaste los lentes para ver todo mi rostro y dijiste: "¡Tú eres mi diosa de la belleza!". Luego limpiaste tu garganta y, en un tono más serio, me miraste a los ojos y dijiste: "Escúchame bien, Ofelia, eres solo mía". Asentí con la mirada y bajé la cabeza en señal de aprobación. Sentí miedo, pero ¿de qué tenía tanto miedo? Me quedé pensando en que dijiste "la diosa de la belleza", pero omitiste completamente la palabra *amor*. ¿Será que desde París ya hacías estas divisiones y yo confundía el amor con tus caricias? No podía evitar confundirlas, Emilio, ya que compartíamos lo que más amaba: París, libros y charlas. Nos reíamos como nunca, tomábamos café muy temprano y botellas de vino por la noche. Bromeábamos, compartíamos heridas y secretos.

Me hacías el amor mientras me hablabas de los griegos, perdido en mis caderas y llenándolas de besos. Soy una de las pocas mujeres que prefiere las letras a los diamantes, ¿cómo no iba a amarte con tanta locura? Nos prometimos confesar un secreto en voz alta, y cada uno reveló un pecado. Después de mi confesión, hiciste una pausa. Me volteaste con fuerza, acercaste tu nariz a mi nuca y cerré los ojos, sintiendo tu excitación y tus celos. Me apoyé sobre los codos y sentí tu penetración. Recuerdo el sonido de nuestras caderas chocando.

Me arqueé al sentir tus pulsaciones ardientes. Te vi mirándome con la boca abierta y los ojos llenos de lujuria.

Repetías: "Te voy a llenar de mí y nadie más lo volverá a hacer".

La luna brillaba y se reflejaba en mi piel. La vanidad me hizo interrumpir el placer y mirar mis muslos.

El movimiento de nuestros cuerpos me transportó y, con tus gemidos, llegamos juntos al clímax. Emilio, sentí que me atabas a un mundo de placeres. Sin embargo, hoy me temo que quieras alejarte de ellos. Estoy segura de que la memoria te alcanzará y golpeará fuertemente la máscara hipócrita que te has puesto para aparentar ser alguien que no eres. Recordarás la promesa que me hiciste en aquella habitación en París. Ahora veo que el lobo solo cambia de piel, pero su naturaleza sigue siendo la misma.

Tres mensajes de Instagram interrumpen el mail que te escribo:

Ofelia, ¿estás ahí? Aquí es temprano. Me gusta levantarme antes del amanecer, hacer yoga y meditar un poco antes de comenzar mi día de trabajo.

¿Has practicado yoga alguna vez?

Yo comencé a hacer yoga cuando caí en una profunda depresión que duró varios meses. Por lo que he visto de ti, Ofelia, eres una mujer curiosa que disfruta explorar las cuestiones de la existencia humana. Tienes una naturaleza inquieta y apasionada. Creo que sería beneficioso que te permitas soltar un poco a Emilio y prestar más atención a ti misma.

Respondo con rapidez interrumpiendo mi escrito, que ni siquiera te has dignado a empezar a leer. Entonces, pienso que realmente no interrumpo nada nuestro, porque no estás. Solo me interrumpo a mí misma haciendo todo el esfuerzo para que me mires.

—Hola, Claudio. Sí, pienso soltar a Emilio pronto. Tomaré clases de yoga, quizá eso me ayude a soltarlo más rápido. Retomaré terapia, algo haré al respecto.

—Me alegra saber que lo vas a soltar. Escribía León Bloy: "En el corazón del hombre hay lugares que aún no existen, y para que puedan existir entra en ellos el dolor". No dejes que entre en ti el dolor, Ofelia, y menos por un hombre. ¿Lo prometes?

—Lo prometo, no dejaré que mi corazón se ocupe por el dolor de un amor frustrado.

—¿Estas leyéndome?

—Sí, aquí estoy. Pensando en lo que has dicho. ¿Cómo te llamas realmente? ¿Quién eres?

—¿Importa?

—No lo sé, creo que está importando.

—Te pienso, Ofelia. Te invento, recuerdo tu voz áspera, entrecortada, el mejor tono de voz para una mujer. ¿Nunca pensaste en ser locutora?

—¿Cómo sabes de mi voz ronca?

—También sé a lo que hueles, y eso es hasta el día de hoy imposible saberlo por una red social. Lo primero que me atrapó de ti fue tu olor. ¿Sabes que te olí antes de verte? Pude olerte en la multitud. ¡Mon Dieu!

Tienes un olor que deja una fragancia intoxicadora de ámbar floral y...

—¿Qué dices? ¿Me has olido? ¡Entonces nos conocemos!

—Nos estamos conociendo, Ofelia. Siento la tentación de saber todo de ti y, a la vez, me atrae no saber que sepas quién soy...

—No es necesario entender lo que está pasando, pero me pasa algo bien contigo. Hay una conexión y un lenguaje fuerte. Siento que estás decidido a querer estremecerme de una manera u otra. Te has propuesto invadir mis espacios, y no lo digo como algo negativo.

—Ofelia, es importante que te relaciones con el conflicto. ¿Conoces un texto que se llama *La historia de la mentira*?

—No, no lo conozco.

—¿Quieres que te lo explique?

—Por favor.

— Me encanta complacerte y que me pidas cosas. Es un texto del filósofo y escritor francés Jacques Derrida en el que analiza el concepto de verdad y su relación con el lenguaje y el conocimiento. Dice que el lenguaje y la verdad están intrínsecamente relacionados con el amor. Según Derrida, el lenguaje es un juego en constante evolución, y cada expresión es única y subjetiva. En el contexto del amor, esto implica que no existe una definición universalmente válida o una forma fija de expresarlo.

"Tú, Ofelia, expresas el amor de diferentes formas. Tu forma de vivir la vida es la que a mí, en especial, que soy cazador de historias, me vuelve loco.

"Imaginemos que estás tratando de describir lo que significa estar enamorada. Puedes utilizar palabras y conceptos como "felicidad", "pasión" o "conexión emocional". Sin embargo, estas palabras son abstractas y cada persona puede tener una experiencia diferente del amor. Para algunos, el amor puede ser una combinación de emociones intensas y euforia, mientras que para otros puede ser un sentimiento tranquilo y sereno.

"En este sentido, Derrida argumentaría que el lenguaje no puede capturar completamente la complejidad y subjetividad del amor. Las palabras son limitadas y no pueden abarcar todas las experiencias y matices que el amor puede tener. Cada persona tiene su propia historia, experiencias y emociones únicas que dan forma a su comprensión y expresión del amor.

"Además, Derrida plantea que la verdad no se encuentra en una correspondencia literal entre las palabras y la realidad. En el contexto del amor, esto significa que no podemos afirmar que una declaración de amor sea verdadera o falsa simplemente basándonos en las palabras utilizadas. La verdad del amor está en su capacidad para evocar y transmitir sentimientos genuinos y auténticos.

"Aquí es donde el arte desempeña un papel crucial. El arte, incluyendo la poesía, la música o la pintura, tiene la capacidad de transmitir emociones y sensaciones asociadas con el amor de una manera que va más allá de las palabras. Por ejemplo, una canción de amor puede evocar una amplia gama de emociones en quienes la escuchan, pero cada persona puede interpretarla y experimentarla de manera diferente. Esta interpretación subjetiva es parte de la riqueza y la complejidad del amor.

"Derrida también argumenta que la literatura, como las novelas o los poemas, nos permite explorar la complejidad de las relaciones amorosas y cómo estas pueden cambiar y transformar a los individuos. A través de la literatura, podemos cuestionar y reflexionar sobre cómo el lenguaje y las experiencias amorosas nos construyen como individuos cambiantes y en constante evolución.

—Déjame ver si te entendí, en resumen, según Derrida, el lenguaje y la verdad en relación con el amor son complejos y subjetivos. Yo te estoy contando mi historia de desamor con las experiencias que me dio la vida. ¿Son mis heridas las que hablan?

—Sin duda son tus heridas, tu experiencia la que se pone de manifiesto. Son tus expresiones. Lo que él dice es que el lenguaje no puede capturar plenamente la esencia del amor, ya que es un juego en constante evolución y cada expresión es única. La verdad del amor no se encuentra en una correspondencia literal entre las palabras y la realidad, sino en la capacidad del arte para evocar y transmitir sentimientos genuinos y auténticos. La literatura nos permite explorar la complejidad de las relaciones amorosas y cómo estas nos afectan como individuos.

"Con relación al amor, la perspectiva de Derrida sobre la verdad como un juego de lenguaje y perspectiva puede ser aplicada para comprender la complejidad de las relaciones amorosas. La complejidad que tú estás viviendo con Emilio. El amor, al igual que la verdad, no puede ser reducido a una simple correspondencia entre palabras y acciones. En cambio, el amor implica una dinámica de juego, exploración y creación de nuevos mundos emocionales. Si no hay una dinámica no existe una relación.

"En una relación amorosa, las personas se involucran en un juego de lenguaje donde buscan entenderse y comunicarse de manera auténtica. La verdad en el amor no se trata de encontrar una única realidad objetiva, sino de construir una realidad compartida a través del diálogo, la empatía y la comprensión mutua.

"Además, la perspectiva de Derrida sobre la verdad como un juego de lenguaje y perspectiva también nos invita a considerar que el amor puede ser experimentado y expresado de diferentes maneras según las perspectivas individuales. Cada persona puede tener su propia verdad y visión del amor, y es en el juego de explorar esas perspectivas donde se puede encontrar una conexión más auténtica y enriquecedora.

"En resumen, es que me encantaría explicarte esto en la cama con una copa de vino mientras te acaricio la espalda. Te hablaría de la verdad del juego del lenguaje y lo que nos ayuda a comprender el amor como un proceso dinámico y complejo, donde la verdad se construye a través del diálogo, la exploración y la creación conjunta de nuevas experiencias emocionales.

—¡Qué difícil es todo esto! Me hace todo el sentido. Estoy empezando a sospechar que ya sé quién eres. Nadie, absolutamente nadie, me creería.

—No creo que sepas, no quiero saber que ya sabes. Me das libertad al no saberlo. Hay algo de esto que me provoca a utilizar metáforas. Te daré el ejemplo perfecto. Al estar hablando contigo, en palabras de Derrida, mi lenguaje va más allá de la realidad y no quiero usar palabras simples y directas para expresar mis sentimientos hacia a ti. Me haces utilizar metáforas, en este caso el lenguaje se convierte en una herramienta creativa que me permite comunicar y explorar el amor. En una manera única y personalizada.

—¿Claudio?

—Ofelia, dime.

—¡Gracias!

—A ti, por darme esta oportunidad de sentir esto. A mi edad es un privilegio sentir.

Cierro los ojos e imagino si será realmente quien pienso que es. Nadie me creería. Busco en Instagram a la persona que tengo en mente, pero me doy cuenta de que no tiene un perfil, no tiene redes sociales, al menos no bajo su nombre. En ese momento, solo pienso en "Claudio" y su identidad. Contigo Emilio, pierdo las ganas de seguir escribiéndote el correo, al menos por hoy.

Ofelia

9

Subject: La lenta máquina del desamor

Martes 10 de mayo de 2022
12:13 p. m.

La lenta máquina del desamor,
los engranajes del reflujo,
los cuerpos que abandonan las almohadas,
las sábanas, los besos,
y de pie ante el espejo interrogándose
cada uno a sí mismo,
ya no mirándose entre ellos,
ya no desnudos para el otro,
ya no te amo,
mi amor.

JULIO CORTÁZAR

Es curioso que no te guste Cortázar, ya que él sí amaba la vida de una forma única, con pasión y entusiasmo. Y eso se reflejaba en sus escritos, en sus personajes, en su forma de ver el mundo. Pero también amaba de forma profunda y sincera. Amaba a sus amigos, a su esposa, a sus gatos, los libros, la música, París. El día que recogimos la piedra en su tumba, quería hacer el amor contigo esa noche mientras escuchábamos el jazz de Charlie Parker o Billie Holiday. Porque si Cortázar pudo amar la vida de forma tan intensa, ¿por qué tú no puedes hacerlo también?

¿Cuál será nuestro destino?

Dime, Emilio, nos hemos visto obligados a mirar lo que nos lastima del otro y sabes que viene de la experiencia de cada uno.

Es difícil encontrar las palabras adecuadas para expresar lo que siento en este momento, pero al leer las obras de Julio Cortázar, me he encontrado con una frase que captura perfectamente el proceso que estamos atravesando: "la lenta máquina del desamor".

Esta frase evoca la idea de que el desamor no ocurre de repente, sino que es un proceso gradual y doloroso. Es como si hubiera una máquina implacable que poco a poco va desgastando nuestra relación, hasta el punto en el que nos encontramos hoy.

Es un sentimiento desgarrador y triste, porque implica la pérdida de algo que fue tan importante y significativo. Como una guionista, encuentro en las palabras el refugio y la forma más auténtica de comunicar lo más profundo de mi ser.

Es en la prosa poética de autoras como Lou Andreas-Salomé y Virginia Woolf donde encuentro el eco de mi corazón herido. El desamor, ese oscuro laberinto del alma, se ha convertido en la musa involuntaria de mis letras. Es un tema que ha sido abordado por innumerables plumas a lo largo de la historia, y ahora, en este instante de mi propia historia, siento la necesidad de agregar mi voz a ese coro de almas afligidas.

El desamor, ese torbellino de emociones contradictorias, se ha infiltrado en nuestras vidas como un personaje siniestro y omnipresente. Ha erosionado los cimientos de nuestra relación hasta llegar a este punto de despedida inevitable. En cada palabra escrita, en cada verso tejido con el hilo de la melancolía, intento capturar la esencia de esta experiencia tan humana y desgarradora.

En mi pluma, intento recrear el dolor y la tristeza que se entrelazan con los recuerdos de los momentos felices que compartimos y hoy no me das importancia.

Cada palabra se convierte en un bálsamo que alivia el peso de la despedida y, al mismo tiempo, en una carta de amor a lo que una vez fue. Aunque nuestros caminos se separan pronto, siempre trataré de guardar con cariño y respeto los fragmentos de nuestra historia, como tesoros tal vez quisa literarios que atesoraré en el rincón más íntimo de mi corazón.

03:13 p. m.

Mi cielo, ¿no te he leído? Eres injusta muy injusta. Estoy trabajando, no he parado un minuto. Merezco dormir por las noches. Ya vi que has mandado un montón de correos. Los

leeré en algún momento. Me están
dando miedo.

03:17 p. m.

¿Estás en guerra contigo misma o
conmigo?

3:18 p. m.

¡Me das miedo! ¿Quién los escribió,
Ofelia o el hada maligna que vive en
ti? Broma, jaja. Me voy a una cena y
luego a un coctel. Te amo. Tu Emilio.

Mensaje de Instagram de Claudio:
03:21 p. m.
Ofelia, después de ver tus fotos en Instagram, no pude
volver a dormir y pensé en ti, imaginándonos. Ofelia, tu
sonrisa ilumina mi soledad. Fantaseo contigo, con tus
labios, tu lengua recorriéndome y disfrutándome con
pasión. Imagino tus nalgas contra mi pelvis y entre ellas
una perfecta unión de presión, ritmo, calor y humedad.

Quiero que te rindas ante mis besos. Pienso que, si yo
fuera él, si yo fuera Emilio, te estaría llenando de placer

Maldito eres tú. Eres tú, Emilio, mi amigo secreto de
Instagram. Me has puesto a prueba, por eso crees que soy
un hada maligna. Te has dado cuenta de que te llevo tatua-

74

do en mí. Que si hablo con un "extraño" es por ti. Porque llevo tu nombre en mis labios. Porque estoy impregnada de tu esencia en mi soledad, porque anhelo preservar todo lo que queda de lo que fuimos.

¿Qué piensas ahora que me has sometido a prueba y puedes ver que estoy sumergida en ti, en tus historias, en tus llamadas, en todo lo que eres?

10

Subject: Tu indiferencia

Miércoles 11 de mayo de 2022
07:32 a. m.

Emilio, amaneció lloviendo afuera y también en mi corazón. Parece que no hace tanto frío, pero yo lo siento. Tal vez sea tu ausencia, tu falta de interés en mis correos. Sigo sin comunicación de tu parte y me preocupa el tiempo, pero quiero servirme una copa de vino para darme calor. No lo haré porque es demasiado temprano. Finalmente, he terminado el guion en el que he estado trabajando por más de un año y medio. Hoy debo entregarlo a la casa productora. No sé cómo decírtelo, pero espero que creas que el productor me invita a participar porque cree en mi talento y dejes de fantasear que cada hombre que se me acerca quiere algo más que mi amistad. Estoy segura de que no todos tienen la intención de llevarme a la cama. La afirmación de que tú, por ser hombre, conoces las intenciones de todos los hombres me duele. Me parece un diálogo machista que limita a tu propio género y les impide creer en las mujeres. Parece que ahora es innecesario decir todo esto, ya que tu indiferencia resulta ofensiva.

Llevo siete días sin saber mucho de ti. Tus mensajes de texto no pasan de dos líneas. En ellos no te has detenido a preguntarme cómo estoy.

No me has preguntado nada. Me informas sobre tu agenda como si eso fuera suficiente. Estoy aquí, voy, entré, salí. Quieres dejar una vela encendida, pero sería mejor que tomes acción en lugar de escribir tan pocas líneas. Deja de enviar tus buenos días y buenas noches para pretender que estamos en comunicación. Ahórratelos, porque no pretendo responder a tus tres líneas. Tu indiferencia me grita falta de amor. Ya no puedo juntar las piezas, tus respuestas me dejan a medias. Me lastima y separa mis sueños, arruina mis planes, mis ilusiones. Hoy debería estar celebrando, pero, en cambio, estoy pendiente de mi celular, de tus mensajes, y, sobre todo, me sorprende ver que en todos estos días no has leído mis correos.

Aún no puedo creerlo. ¿No has encontrado el tiempo para querer leerme? Creo que los dos sabemos por qué. ¿A qué se debe esa indiferencia hacia la persona que amaste?

Permaneces inmóvil ante mí. He escuchado que la peor respuesta al amor es la falta de respuesta por parte del otro. Podría ilusionarme y decir que tu indiferencia es una forma de autodefensa. Parece que no avanzas, no me permites retroceder, estás quieto, sin interés ante mis demandas, ante mis reclamos. La indiferencia en el amor deja un sabor muy amargo. Quema en el pecho, sube a la garganta, se queda atascada en la lengua y la deja adormecida.

No me das tiempo ni espacio para hablar. Parece que mis lágrimas son mi último recurso.

¿Cómo afrontar el dolor que me causa tu indiferencia?

Al ser indiferente, me atas las manos y tomas el control total de nuestra relación, me aniquilas, no me tienes en cuenta.

Me eliminas, me haces daño porque no me haces presente, por eso me duele tanto, por eso es tan profundo, desesperante y causa tanta angustia en mí.

¿Quiero un amor incondicional?

A menudo idealizamos esos amores de cuento de hadas que tanto daño han causado a las mujeres. Todas anhelamos ese amor que nunca nos abandonará, que nos promete y cumple, que no se aleja ni se va, que puede sentir y brinda seguridad, que nos hace volar. Mi neurosis se desencadena por la soledad que me envuelve al no tenerte de regreso. Tus absurdas razones para no comprometerte en este amor te están llevando a cometer un gran error, porque estoy segura de que cuando esto suceda, ya no te amaré más. Parece que tu incredulidad es una falta de alma.

Te has convertido en el amante de tu propia comodidad. Cuanto más seguro estás de tu futuro, más te alejas del hombre que puedo amar.

Mi primera impresión me ha dejado perpleja, sin poder más. Eres aquel que acaricia al gato del cuento de Borges.

Te olvidas de la eternidad del instante y te quedas separado por un cristal. Estás atrapado en tu pasado y en el futuro. Tus emociones están controladas por el deseo de no sentir más dolor. Sabes, amor mío, cuando alguien decide sanar, puede quedar paralizado durante años. Si vas a vivir, al menos debes luchar por algo. Ten cuidado con lo que destruyes en tu camino hacia tus certezas para el futuro. Al compararte con el personaje del cuento, lo que quiero decir es que te has alejado de la realidad y de la capacidad de amar y emocionarte, quedando separado por una barrera invisible, como un cristal. En el cuento *El jardín de senderos* que se bifurcan el gato representa la incertidumbre. Cada caricia que se le da al gato cambia su destino. Tu cristal, esa barrera invisible, esta separación que sientes con el mundo y tus propias emociones no te deja llegar a mí.

Lo que no te deja en paz es que estás en constante búsqueda de un sitio adonde huir de tu malestar. Huir de la trampa de tu exmujer. Los títulos no sustituyen ni el trabajo interno ni el amor entre dos personas. ¿Cómo enfrentas lo cotidiano?

¿Te llena la etiqueta que te has tatuado a ti mismo?

Los títulos son suficientes para no asumir los riesgos del alma. Emilio, las personas que no asumen riesgos están muertas. La vida misma es un riesgo, el amor, la entrega al otro es la mayor vulnerabilidad. ¿Escuchas en tu interior una voz que te dice que no puedes? ¿Será la voz del cansancio que provoca ya no creer en el amor?

Te has fatigado a ti mismo por estar convirtiéndote en eso que tú odias. ¿Crees que la edad no te puede impedir que sufras? Pues te tengo malas noticias, amor mío, sufrir es inevitable y universal.

Cierto era que yo te invitaba a indagar en tus sentimientos y por eso me detestabas. Varias veces en nuestros viajes te invité a salir de la prisión de tu pasado. Tenías una oportunidad de cambio, y mira ya que soy experta en mirar de frente a los demonios de las personas que amo. No quisiste entrar a mirarlos, Emilio. Algún día aprenderás que el alivio del trauma no se consigue cerrando los párpados hacia la indiferencia.

Disfrazas el deseo con amor y careces de recursos cuando necesitas que sea el amor el que hable. Te conviertes en enemigo declarado. No hay justicia en tu debate. De pronto me causa tristeza pensar que no conoces nada más que las necesidades físicas de una mujer. Parece que no te afligen pesares que no vengan de tu propio pasado. Pareces incapaz de comunicarte con claridad. Me has rechazado con profunda desconfianza. Emilio, siento que cometes un atentado contra el amor.

El yo es una condición para amar, es una actividad que hay que hacerla con el otro. Desde mi dolor no te puedo señalar ya que parece que sería un reclamo. No estoy dispuesta a sacrificar lo que siento en mí.

Hay amores que sacrifican toda fe y toda esperanza, eso me ha quedado reservado. Siento la necesidad de hacer que de un modo u otro me escuches. Estás tan metido en tu trabajo, en el "deber ser" que se te ha olvidado solo ser. De modo que me atrevo a decir que ya no sabes para qué sirve el amor.

Siento que tu embriaguez es la no verdad a cualquier precio. Te alejas a tal punto de tu sufrimiento que te has disfrazado de un hombre distante. Te has extraviado y has perdido la expresión más hermosa del amor, que es perderse en los brazos del otro, abandonarse en la persona que amas. No te has servido del amor para curarte, se te ha hecho tan destructor que has buscado protección. Por eso, tu indiferencia. Has encarnado en un hombre que quiere dominar, poner en sus manos mis sentimientos hasta el punto de que me atrevería a decir que tu meta es dominarme hasta que logres someterme.

¡Eso no va a suceder nunca!

Cuando un amor ignora al otro, cuando sabe que lo está ignorando, cuando se siente halagado por ese hecho, se habla de un corazón perverso, un corazón enfermo, y lo único que hay es engaño, pero sin duda, uno se pierde en el dolor de la indiferencia envenenada y el que ignora triunfa en su patética soledad.

¡No me des por hecho!

Ofelia

82

11

Subject: La mancha de vino

Jueves 12 de mayo de 2022
09:32 a. m.

Recibí una llamada de Instagram:

—**Bueno, bueno...**

—**Te quiero escuchar, tengo necesidad de escuchar tu voz. ¿Por qué los mexicanos responden al móvil diciendo "¿Bueno?" y no con un "¿Hola?"? Vaya que son una sociedad positiva. El tono de tu voz es encantador. ¿Tienes unos minutos para que te cuente algo?**

Cuelgo aterrada, pensando que no puedo hablar con él, y que realmente no eres tú, que no quiero escuchar su voz ronca ni su acento extranjero francés.

Le cuelgo por reacción automática, me da tristeza saber que no eres tú. Cómo serias tú si no tienes ni el interés ni el tiempo de leer mis mails, me dan miedo tus celos. Juro que no sabía que había llamadas de Instagram.

Recordé el día que pasaste por mí a una fiesta en Guadalajara. Todo el camino al hotel estuviste furioso conmigo en el taxi. Al llegar al lobby me gritaste delante de todos.

Tus ojos empapados en lágrimas y tus manos temblaban de rabia al verme platicando con alguien más. Recordé el bote de basura que pateaste en el cuarto al saber que me tomé fotos con un guionista francés y que me quedé un rato platicando con él. Le di mi teléfono y mi correo para mandarle mi guion y ver si se podía hacer algo en Francia. Nunca me lo has perdonado.

Yo no me perdono haber rechazado esa propuesta de trabajo por tus celos. Además, cuelgo porque me siento culpable de hablar con otro hombre que no seas tú. Me has pedido exclusividad, me has pedido ser el único y que no permita a nadie más entrar.

Te juro, Emilio, que así ha sido durante todos estos años. Siento que escucharle es dar un paso más, es intimidar con su voz. Cuelgo porque me gusta la historia, porque nadie lo creería. Cuelgo porque no quiero hacerte daño, cuelgo porque quiero poder volver a ti con la conciencia tranquila. Pero de inmediato me escribe.

Ofelia, discúlpame por atreverme a llamarte. Seguiré escribiéndote, por favor, léeme. ¿Te tomarás el tiempo de leerme? Quería contarte un sueño que tuve anoche. En mi sueño estaba sentado en el lobby del Hotel Palace de Madrid, charlando con un amigo que estaba de visita. De repente, entraron cuatro mujeres, todas muy elegantes. Desde el rabillo de mi ojo derecho, te reconocí: la sonrisa amplia, el lápiz labial rojo y la energía que arrastraba a tus amigas con paso firme, sobre unos finos tacones negros.

Cada uno de tus pasos hacían estremecer ese lobby, como si caminaras en cámara lenta. Tenían la cadencia implícita de la confianza y la elegancia de una yegua purasangre. A cada una de tus pisadas le correspondía un tiempo; a cada empuje del metatarso, una fracción de segundo después, le seguía una ligera elevación de tu glúteo mayor, solo perceptible por lo ceñido de tu vestido.

Una sutil coreografía de tu anatomía. Ellas fueron a buscar una mesa donde sentarse y, por algún motivo, tú fuiste directamente a la barra del bar.

Pediste algo o hablar con alguien, no lo sé. Pero te quedaste esperando de espaldas a la entrada. Entonces aproveché y me acerqué. Admiré tu vestido verde musgo, con una espalda abierta por una lágrima invertida que culmina al final de tu cintura sin mangas y cuello mao.

Me acerqué a tu lado muy despacio por tu izquierda, mientras mirabas tu móvil, y sutilmente crucé mi brazo derecho por tu cintura para no asustarte demasiado. Obviamente te giraste repentinamente hacia mí.

Pero más allá del primer suspiro de sorpresa de inmediato se encontraron nuestras miradas. Y a veces las miradas son más sabias que todas las palabras. Y las palabras nos dejaron mudos, sordos y ajenos al entorno. Y lo entendimos, respiramos. Y nos besamos como quien no quiere derramar una sola gota de esa fruta que llevamos tiempo esperando morder.

Ofelia, te deseo desesperadamente. Hoy soy esclavo de lo que publicas, vivo a través de tus fotos, de tus historias de Instagram. Algún día cruzaré el mar, te dibujaré con mis manos, te iré a buscar y serás mía.

Me arropan sus palabras. Él no quiere poco, él quiere todo. Me imagina con él, me piensa, me sueña. Se ha construido una imagen del amor y la proyectó en mis fotos, en mi risa, en mis historias. Construyó una fantasía conmigo. Parece que también hace historias, pero desde la no ficción.

—¿Ofelia, realmente te gustaría saber quién soy? ¿Me harías una promesa de guardar mi anonimato?

—No lo sé. Mejor no me digas. Al parecer ya no creo mucho en las promesas.

—Entonces estamos hablando de verdades y eso me gusta. Te vi dos veces en mi vida hace unos años, sin sonar pretencioso. Fuiste tú la que se acercó a mí, me pediste una foto y un autógrafo, y ahí te pude oler antes de mirarte detenidamente. Me hablaste en mi idioma con un acento mexicano encantador. Me volvió loco tu forma de tomar vino, lo que más me gustó fue la mancha la llevabas con orgullo, diciendo que una mancha de vino en la ropa es de buena suerte. Tu rapidez mental al responderme sobre la mancha de vino en tu blusa y tu sonrisa deslumbrante me cautivaron de inmediato. "J'apprécie déguster le vin de cette manière."

—Dios mío, mi Dios, ¡ya sé quién eres! —mi piel se estremeció.

—Sabía que sabrías.

—¿Por qué me pasan estas cosas a mí? No es verdad, no es verdad, no te creo. *C'n'est pas vrai, possible, je ne te crois pas.* ¿Podría enviar ahora mismo todas nuestras conversaciones de Instagram al *Le Monde* para contar nuestra historia y que sea noticia en Francia?

—Sí, claro que podrías. Me prometiste guardar mi identidad.

—Te dije que ya no creía en las promesas.

—Eso es mentira, además sé qué clase de mujer eres, sé que no lo harás. Tu sangre arde y es honesta.

—No me faltan ganas de gritarle al mundo y decirle que mi admirador secreto de Instagram eres tú. Olvídate del mundo. Emilio no me lo creería, o tal vez él sería el único en creerlo.

Sí, Emilio, lo sé... parece mentira, parece ficción, sobre todo parece venganza, pero no lo es. Juro por Dios que no tenía idea de que Claudio era aquel que despertaba tantos celos en ti. Yo también me he quedado helada al saber quién es, créeme, me siento temerosa, halagada, extraña y al mismo tiempo muy tonta.

¿De verdad, Emilio, sigues sin leer mis correos? Ha pasado una semana y ni siquiera has tenido la curiosidad de leerlos.

Te pienso,

Ofelia

Ofelia, Ofe, buenos días, mi amor. Antes de tocar el tema de tus cartas, quiero decirte que ya estoy en el aeropuerto rumbo a México y no te imaginas cuánto te extraño. Amanecí pensando en aquel viaje a Nueva York, donde fui por trabajo y tú pudiste acompañarme. ¿Recuerdas la segunda noche, cuando cerré el trato y luego fuimos a cenar? Terminamos en un bar, te pedí que fueras al baño y me dieras a oler tu ropa interior. Tu olor, Ofelia, tu olor, el olor de tu pubis, ese aroma me vuelve loco, me excita más de lo que puedes imaginar. Intentamos hacer el amor en el baño y reíste a carcajadas cuando alguien nos interrumpió. Ahí me di cuenta de que tu risa es una de las pocas cosas que iluminan mi vida. Desearía poder congelarla, grabarla, llevármela conmigo. Si tan solo pudiera llevarme tu olor y tu risa, sería un hombre completo hoy en día.

¿Recuerdas cómo te tomé de la mano apresuradamente y salimos corriendo? Varios taxis se fueron porque nos besábamos, y un coche que pasó nos aplaudió. Levantaste los brazos al cielo y nos reímos, pero se me olvidó tu calzón en el baño. Quise regresar corriendo por él, pero no me dejaste y me dijiste: "Alguien más lo encontrará". Por unos segundos, me enfurecí al pensar que alguien más pudiera excitarse al encontrarlo. En ese momento supe que no quería, y me muero de celos y enojo ante la idea de que alguien más, que no sea yo, se atreva a excitarse contigo. Eres mía y de nadie más. Ya en el taxi, lamí los lunares de tu boca. A veces tengo la impresión de querer arrancarlos y que sean solo míos. Metí mis dedos, probé tu humedad. Llegamos al hotel y te desnudé. Aún después de tantas veces, sigo temblando como la primera vez. Siempre tengo el temor de no satisfacerte. Cada vez que estoy contigo, tengo miedo de no poder darte un orgasmo. Me preocupa no seguir siendo el hombre del que te enamoraste, temo no poder cumplir tus deseos y que te alejes, que me abandones. Mi mayor miedo es que te aburras de mí, que perdamos la pasión que hemos tenido desde nuestro primer encuentro. Es una inseguridad irracional que muchos hombres tenemos, el temor de no poder satisfacer plenamente a nuestra pareja. A pesar de mis inseguridades, quiero decirte una y otra vez que contigo he tenido el mejor sexo de mi vida. Es ese tipo de intimidad con el que todo hombre sueña. Sigo locamente deseándote y no me canso de ti. Esto me hace saber que eres tú, y ninguna otra, la mujer de mi vida.

A nadie, Ofelia, a ninguna otra mujer la he saboreado como a ti, a

ninguna otra la he acariciado, besado
y explorado en cada día del mes y
en cada centímetro de su cuerpo.
En tu piel he experimentado todo
y tú misma me has confesado que
he logrado despertar sensaciones
nuevas en ti y provocarte orgasmos
que no sabías que podías tener. Sin
ti en mis pensamientos, ya no puedo
excitarme.

Mensaje de WhatsApp de Ofelia
01:07 a. m.

¿Y eso? ¿Qué pasa, Emilio? ¿Qué
es todo esto? ¿A qué viene al caso?
No has entendido nada. Una relación
no se trata solo de sexo. Eso no
es suficiente. ¿Es que no puedes
entenderlo? No puedo creer que
me estés reduciendo a una simple
fuente de placer físico. ¿Acaso no
ves que hay mucho más en una
relación que eso? Me siento insultada
y menospreciada por tu actitud
egoísta. No soy solo un objeto sexual,
Emilio. Tengo emociones, deseos y
necesidades. ¿Qué parte de esto no
entiendes?

01:08 a. m.

Ofelia, ¿por qué si te digo cosas
bonitas estás tan agresiva?

90

01:09 a. m.

Tengo emociones, deseos y necesidades emocionales que también deben ser satisfechas. No puedo conformarme con ser solo un "juguete" en tu vida. Necesito que me trates con respeto y consideración en todos los aspectos de nuestra relación. Quiero que me comprendas y me apoyes en todas las áreas de mi vida, no solo en la cama. Necesito una conexión profunda y emocional, que vaya más allá de la intimidad física.

Si no puedes entender eso, entonces tal vez no estamos destinados a estar juntos. Si no puedes ofrecerme eso, entonces es mejor que sigamos caminos separados. No has hecho nada por leerme, no te ha interesado absolutamente nada.

Podrías contestar lo que te he escrito, ¿no crees?

¡Cobarde!

Mensaje de voz de Emilio
01:10 a. m.

Ofelia, solo trato de decirte que, en la parte emocional, intelectual, pero también en la física ha sido única nuestra relación, ¿a qué se deben estas cartas en mi ausencia? No te estoy ignorando, me da terror leerlas. ¡No las quiero leer! Estás poseída, estás hormonal. ¿Te está bajando, mi amor? ¿Por qué ese enojo? ¿Por qué ese insulto? No entiendo nada.

Mensaje de voz de Ofelia
01:12 a. m.

Si vuelves a decir ese comentario machista, te juro que te bloquearé de todo lo que pueda en mi vida. Estoy cansada de nuestra comunicación virtual. Lee mis correos electrónicos y llámame. Estoy cansada de estar detrás de estos dispositivos.

01:15 a. m.

¿Por qué no confías en mí cuando te digo que los mejores momentos de mi vida han sido a tu lado? ¿Qué más debo hacer como hombre para demostrarte que eres la mujer que más he amado? Las cenas de las que te has puesto celosa han sido cenas con amigos, y las infidelidades de las que me acusas solo existen en tu mente. No grites en los mensajes que me pones mal.

¡Es que me desesperas!

Soy fiel y leal, solo tengo ojos para ti, Ofelia. Te lo juro por mi vida que no ha pasado absolutamente nada con Lucy, estás exagerando. Nuestra conversación fue sobre política y mi teléfono simplemente se quedó sin batería. Me he dedicado a trabajar, pasar tiempo con mis hijos y tratar de hacerte feliz. Sin embargo, siempre siento que todo lo que hago está mal. No sé cómo lograr que entiendas cuánto te amo. Nunca parezco cumplir tus expectativas.

Veo que, al parecer, mis cuidados, mi dedicación, nuestros viajes, mi día a día no han servido para nada. No sé qué está pasando por tu mente, no sé qué pretendes hacer, no sé a dónde quieres llegar. Sí, eres sin duda una maltratadora profesional, sabes perfecto cómo destruirme, eres mala. ¿Es tu naturaleza de mujer la que te hace hacerme esto? Estoy por tomar un avión y me haces temblar.

01:19 a. m.

Emilio, lee mis cartas, fueron una forma de sacar todo lo que siento. Cuando las leas, por favor hablemos con calma.

01:21 a. m.

Despego.

01:21 a. m.

Buen viaje.

01:22 a. m.

¿Así de frío tu mensaje?

12

Subject: No existen los diez pasos para ser feliz

Viernes 13 de mayo, 2022
04:39 a. m.

Emilio, acabas de despegar y supongo que debo comenzar este escrito hablando de mí. Quiero decirte que es cierto, en eso tienes razón. He estado en guerra, me he violentado a mí misma. Pienso en libertad, soy presa de una autoobservación. Mis heridas se han cerrado de cansancio al estilo kafkiano, no las he abierto, las he secado. Hoy, por fin, después de tantos años, me atrevo a desarmar mi propio yo. Aquí me tienes en una confesión sin máscaras, sin pretensiones. Clasifico a mis conocidos en amigos o enemigos, a las cosas en mías o ajenas, las historias como propias o extrañas, mis amores como útiles o inútiles. Mi comportamiento es ataque o defensa. Esta reflexión sobre mí es, sin duda, una señal de hundimiento. Considero patológicas aquellas personas que se atribuyen el permiso para escribir guías o manuales para ser felices. Esos excesos de positividad son falsos, engañosos y, sobre todo, mentirosos.

Se convierten en parásitos de sus familiares y de la sociedad, limitando la posibilidad del ser. Establecen estándares absurdos en sus vidas, creando frustraciones y metas inalcanzables. Sus risas y miradas están vacías, pero llenas de filtros y superproducciones muy cuidadas. Llevan disfraces de hombres y mujeres exitosos. Sé perfectamente que la depresión los arrastra hasta maquillar tristes, perfectas, blancas sonrisas.

El hombre exitoso, como tú, Emilio, se obliga a mantener una imagen impecable, pero detrás de la selfie te encuentras con una pared vacía, con una soledad que golpea el pecho, un eco sonoro que no logras silenciar.

Y te grita desde el fondo de aquello que no puedes lograr engañar, de aquella tripa que no se calla, aquella tripa que grita ferozmente y te dice: "Estás completamente solo".

El himno de las redes sociales, de los nuevos cursos de autoayuda es "pertenecer solo a sí mismos". ¡Patéticos! Les debería dar vergüenza ir por el mundo engañando a tantas personas que lo único que tienen es una desesperada sed por sentirse acompañados y no volver a sentir las manos frías aniquiladoras de la soledad. Se compran esas verdades podridas, las tragan y se atreven a sonreír con un optimismo enfermo, poco duradero. La euforia del grupo eleva la dopamina y hace que sientan que por fin lograron los pasos hacia la anhelada felicidad. Patéticos. Sí, todos aquellos que llevan esa bandera.

Carentes de hacer vínculos verdaderos, prefieren más las formas que el fondo. Ese es el gran fracaso del hombre de hoy, del hombre al que aplaudimos en esta nueva sociedad: el hombre "exitoso".

El hombre que repite "Yo, primero yo, después yo, al final solo yo", pero ese "Yo" del éxito tampoco los contiene, es una simulación. El amor de esos hombres y mujeres ha sufrido un infarto fulminante. Están agotados de sí mismos, comen sus frustraciones, el desamor los lleva al insomnio. Nada ni nadie está por encima de ellos para indicarles quiénes pueden ser o en quiénes pueden convertirse. Nada ni nadie puede mostrarles diferentes formas de ser en el amor. Al parecer, también sus relaciones amorosas acatan el deber ser.

No se les puede presentar otros formatos de relaciones porque tienden a señalar con un dedo acusador. Así no deberían ser las cosas, como si los seres humanos hubiésemos nacido con un manual de cómo deberíamos amar. El hombre depresivo se explota a sí mismo hasta arrastrarse al cansancio sin tener ninguna comunicación que lo lleve a su interior. Nietzsche decía que ese hombre ya no es soberano, es verdugo y víctima. Para desgracia mía, sé lo que es amar a un hombre que lleva consigo una guerra interiorizada y eso conduce a la locura. Créeme, lo sé, ya que no puede sumergirse en el amor. No puede sumergirse en la mirada contemplativa de la pareja porque al mismo tiempo ha de ocuparse de su ego roto. Maldito ego roto que no les deja saber amar. No tiene capacidad de escuchar ni de retener historias. Se ha centrado en él, no tiene la paciencia de escuchar, es inexistente. Repite historias ya que las ha compartido con varias mujeres sin conocerlas realmente y con ninguna en especial. Esos hombres caminan sobre las rayas, no dejan pasar y el problema es que no toleran la alegría de aquellos que bailan, cortan la danza de aquella música que no logran escuchar o ya no creen escuchar.

Emilio, no puedo seguir así. No puedo seguir bailando esta danza solitaria contigo. Necesito que comprendas lo que siento, que escuches mis palabras y las hagas tuyas. No puedo seguir soportando el peso de tu ego roto y tu falta de capacidad para amar. No puedo seguir viendo mi reflejo en el espejo y preguntándome si seré suficiente para ti. No puedo seguir esperando a que entiendas lo que significa amar de verdad. No puedo seguir esperando a que te des cuenta de que el amor no se trata solo de ti. Es hora de que encuentres tu camino hacia la sanación, hacia la comprensión y hacia la capacidad de amar de manera plena. No puedo seguir esperando a que creas en el amor. Estoy segura de que lo único que escuchas, Emilio, son tus lamentaciones. Hombres como tú no lograron entender el amor.

¡Nunca entendiste el amor, por eso no comprendes lo que siento por ti, Emilio!

Me miro al espejo con el cansancio que me provoca tu forma de amarme, con el brillo de las lágrimas, queriendo verme más linda para tus ojos. Veo en el espejo a esa mujer de la cual te enamoraste, me fijo por primera vez en lo que más te gusta de mí; tanto me has dicho de mis caderas, mis piernas, mis nalgas que hoy no logro encontrar esa belleza y tu obsesión hacia ellas. No me has dejado cortarme el pelo, tampoco has dejado que me lo pinte. Quisiera ser rubia por algún tiempo, pero te encanta mi pelo lacio, largo y color caoba. No sé qué has besado más, mis pechos o mis lunares junto a la ingle. Los has nombrado, lamido, besado, en un beso arrebatado hiciste sangrar al más pequeño. Una noche de pasión pensamos que lo habías arrancado. Miro mi piel blanca y sé que te gustaría que fuera más morena. Por más que tomo el sol, no logro más que llenarme de lunares y permanecer blanca como la espuma.

Sabes la cantidad de lunares que tengo, tienes obsesión de contarlos cada vez que estamos juntos. Dices que de pronto descubres nuevos. Me encanta que en tus brazos repitas constantemente que soy la mujer más hermosa y sensual con la que has estado en tu vida. Yo te creo. Eso por muchos años me ha dado una gran seguridad. Estiro mi piel, todavía no hay arrugas en ella, sin embargo, empieza a delinearse el dolor. Sí, el dolor que se ve reflejado en la piel. El amor se ve en el rostro, el desamor también.

Hoy no te siento, hoy estás lejos, hoy no estás en mí. Seguro te preguntarás: *¿y qué es el amor?*

El amor para mí es el acto de penetrar en la piel del otro, sueños acompañados, palabras inventadas, olor a lluvia, amaneceres desnudos, cafés interminables, ganas de tatuarse lo mismo, querer sanar el pasado del otro, tratar de coser heridas, ser parte de la vida del otro. Un sobrenombre de las cosas que solo los amantes saben lo que significa entre ellos. Un código secreto, ya que es algo que remite a otra cosa, la marca externa que no entienden los otros, un lenguaje único y especial, complicidad de miradas, nuevos caminos, nuevas historias, nuevas formas de estar en la vida. Ahí está el amor. El amor siempre es inédito, no tiene un lugar común, comparte una conexión profunda. El amor es el mapa que nos indica el camino para evitar nuestros laberintos dolorosos, para encontrarnos a nosotros mismos en la geografía de los otros. Las máquinas de rendimiento egoístas como en lo que tú te has convertido ahora, Emilio, no se enamoran, estructuran sus emociones como en una especie de cálculo. No quiero perder la paciencia, ni hacerme desconfiar, ni darme la vuelta impaciente y marcharme. No por ahora, al menos no por ahora. Necesito acomodarte en mi interior y darte ya el lugar que te mereces. Acomodar al menos el dolor.

Eso es lo que tengo que hacer antes de darme la media vuelta y mirar a otros ojos, besar otros labios y sentir otro cuerpo. Darle ya un lugar a este dolor que no me está dejando ser.

¿Quién soy cuando hablo de mí? ¿Cuántas hay realmente? Más bien quisiera saber qué existe en mí que aspira a preguntarme quién soy. ¿De dónde he sacado esa inquietante idea de llegar a lo más profundo de mi ser? ¿De dónde viene la necesidad de desterrar un amor? ¿De dónde surge la necesidad de despedirse de un amor que ahora ya solo daña? Ya no sé si prefiero la crueldad de la verdad o la dulzura del engaño. Brota de mí una inquietante necesidad por creer, por saber la verdad.

Eso es lo que tengo que hacer antes de darme la media vuelta y mirar a otros ojos, besar otros labios y sentir otro cuerpo. Darle ya un lugar a este dolor que no me está dejando ser. ¿Quién soy cuando hablo de mí? ¿Cuántas hay realmente? Más bien quisiera saber: ¿qué existe en mí que aspira a preguntarme quién soy? ¿De dónde he sacado esa inquietante idea de llegar a lo más profundo de mi ser? ¿De dónde viene la necesidad de desterrar un amor? ¿De dónde surge la necesidad de despedirse de un amor que ahora ya solo daña?

Ya no sé si prefiero la crueldad de la verdad o la dulzura del engaño. Brota de mí una inquietante necesidad por creer, por saber la verdad. He dudado de mis creencias, las he cuestionado, algunas las he olvidado. Mi pensar está impulsado por mis instintos. He tropezado con el estúpido diálogo de mis tías superficiales con el que me han sermoneado puras falsedades para conservar seres repugnantes, pensando que ese juicio de comportamiento social favorece la vida.

Qué ganas dan de renunciar a esos juicios falsos y llevarme, abandonarme, no callar, gritar, sí, gritar desde lo más profundo de mi ser, YO estoy más allá de lo que esperes de mí, yo estoy más allá de lo que pienses de mí, yo estoy más allá de lo que hablen de mí, yo estoy más allá de tus juicios de valor de esas familias de clase media alta donde se habla de los otros, yo estoy más allá de esa mirada social puritana, desmedida e hipócrita. Veo que la mayoría de la gente no se comporta con honestidad, se equivoca y se extravía con frecuencia de lo real.

Esa gente predica la moral, esa sopa rancia que se la toman fría y a la vez sonríen. Sé, lo puedo sentir, se percibe que tienen una necesidad brutal por dominar a los demás. Yo les caigo mal.

¡Soy incierta! ¿Sabes? Eso me da infinitas posibilidades de ser muchas cosas al mismo tiempo. Mi alma tiene un valor desenfrenado, eso la hace un alma aventurera.

Ya no puedo seguir pensando en ti, Emilio. Si tan solo me gustaras menos: tu altura, tu pelo negro, tus ojos oscuros como la noche sin luna. Te imagino sentado ahí, desde la comodidad de tu sala, con los cojines que te regalé, mirando hacia la ventana, al igual que la ventana con todas tus partes emocionales rectas, estancadas. En la mano derecha detienes el vaso de whisky. Piensas, ya que no te dejas sentir, no gozas de oídos agudos. Tienes una gran ambición por conservar tu puesto perdido, prefieres echarte a morir sobre una nada segura que sobre un "algo" incierto. Tienes un alma desesperada, mortalmente cansada, tus gestos parecen valientes. Me has llenado de tus historias tortuosas.

Odio tu arrogancia desbordada cuando te atreves a decirme "el futuro que voy a tener es...". ¿Con qué descaro se atreve la gente a hablar de futuro?

Tú, Emilio, pronuncias con soberbia y sin miedo la palabra "futuro". Dejas escapar la certeza de que Dios está contigo, de tu lado.

¿De dónde sale la fe? "Dios está conmigo". Como si tu alma fuera inmortal, hay falta de carne, sangre, de realidad en todo lo que has vivido.

Me causan náusea mis besos desperdiciados en ti. No encontraron puerto, se quedaron suspendidos en el aire. Yo que pensaba que curaban heridas.

No vuelvo a lamer heridas ajenas. Te traté de llevar constantemente a una luna de miel. Fallé, lo sé, nunca logré escuchar tu propia música; pero tu mirada moralista se incrustó en mí como un hada maligna.

La mayor injusticia que me hice fue tomarte en serio.

¿Qué es todo esto? ¿Por qué me estoy contando esta historia? ¿Por qué simplemente no puedo dejarte atrás? ¿Por qué te pienso día y noche?

¿Acaso todo esto es una confesión ante mí, una disculpa por no dejarte ir? ¿Qué es esto? ¡Qué tortura es amar al otro!

De mi boca quieren salir tantos insultos, tantas cosas. No quiero adormecer mis sentidos, te quiero declarar la guerra a cuchillo desenvainado por desterrarte a ti mismo. No lo hago, me quedo quieta y no lo hago, yo sé que estás condenado.

Vas a encontrar un nuevo desierto, te llevarás la misma desconfianza, tuviste que amar antes de pensar en tu instinto de autoconservación.

Te esperan varias mujeres con las cuales ahora vas abriéndote paso.

Eres persuasivo, seductor, fascinante, guapo, convincente. Te haces tan deseable al querer ser dueño de ti mismo. Sé tus expresiones de memoria, las he estudiado, conozco cada gesto, cada movimiento, los tiempos que tomas para acomodarte los anteojos, tocarte el pelo, mojarte el labio inferior. Te veo con los ojos cerrados.

Buscas certezas inmediatas. ¡Imbécil!

Me repites constantemente: "¡Yo quiero! ¡Yo me merezco! ¡Yo necesito!".

Certezas inmediatas, ¿de qué están hechas? ¡Eres ridículo! Tristísima figura, te me caes a pedazos, ¡No entendiste nada! "Te amo, pero no puedo estar contigo." ¿Esas son tus palabras? Tejedor de telarañas prefieres el futuro que imaginas a lo que tu piel te ha hecho sentir conmigo. Miles de veces al hacer el amor, nos juramos nunca dejarnos: "Pase lo que pase en nuestras vidas, prométeme, Ofelia, que no me vas a dejar". Me hiciste prometerte, mirándote a los ojos, que no me podía ir de ti, que por más que peleáramos nunca te podía dejar, que no me iría. Te lo prometí, te vi a los ojos y no bastó. Me hiciste jurarlo ante el mar, abrazados frente a esa inmensidad, con la luna de testigo de que estaríamos caminando siempre juntos. Fuimos a cenar tomados de la mano, y no hubo un segundo en la cena que me soltarás.

"Eres mi mujer", repetías una y otra vez. Decías que el vestido negro y los labios color rojo carmín te volvían loco, mi olor ya era tuyo. Esa noche contaste mis lunares, los bautizaste y después los hiciste tuyos besando cada uno. La oscuridad de la noche te daba miedo, me contaste de tus miedos, y esa madrugada en Los Cabos abracé tu oscuridad. Te arropé en mis brazos, lloraste en mi vientre, después lo besaste y sentí que nacimos juntos. A la mañana siguiente nos visitó un águila, aunque tú necio sigues diciendo que fue un halcón, quizá era un mensaje. Nos miró, trató de dar un mensaje que ni tú ni yo supimos leer. La discusión terminó cuando confesé mi fascinación por Edgar Allan Poe. Hablamos del cuervo, pero esa águila nos vino a marcar un destino, era un águila arpía. Fue nuestro primer desacuerdo.

¿Ahora? Te has puesto la máscara del deber ser, ya no logro ver ese rostro que tanto besé con sed. Me conviertes en tu recuerdo, en tu jardín perdido, en tu orquídea olvidada.

¡Qué mal les hace a los hombres una infancia fracturada!

Rencoroso, vengativo, perdiste el humor ante la vida. Me obligas a construirme un escondite propio. Tal vez pueda entender, tal vez así llegue mi compasión hacia esos seres grises, como tú. Eres gris, Emilio, gris.

¿Estoy juzgando, estoy señalando a esos seres que se creen con una enorme superación de sí mismos?

Me doy cuenta de que mi análisis hacia ti tiene un nivel máximo de cinismo.

¿Qué tan cínica soy?

Cínica sería echarte la culpa, bajar la mirada tímida hacia el hombro derecho y con voz de mujer débil decir: "Antes de que tú llegaras a mi vida, yo no era así".

Es cierto que el cinismo es la única forma en la que las almas vulgares rozan la honestidad. ¿Tendré un alma vulgar? ¿Cuántos seres humanos se atreven a preguntarse a sí mismos si tienen un alma vulgar? Tú, Emilio, ¿te lo has preguntado? ¿Te atreves a ver dentro de ti?

Tal vez sí tengo un alma vulgar, para ser honesta, ya que no me inquieta mi capricho de naturaleza femenina de hacer que los machos como tú aprendan de una manera u otra que hay mujeres que tenemos el espíritu libre y que no todas somos iguales. Suelo sanar mis heridas cuando las hago correr, como ahora, cuando las expongo y multiplico en mil peligros.

Esta es la única forma de sanar, esta es la única forma que conozco para dejar ir lo que tanto se ama.

Hay un punto al que todo esto llegó, en el cual ya no puedo dar marcha atrás, por más que haga el intento. Ya no puedo retroceder.

¡No voy a retroceder, Emilio!

Trato de calmarme, y me encuentro en tu librero libros vergonzosos, veo que te gustan esos libros de autoayuda, esos libros que huelen mal, que dan nausea, esos libros para todo público que deberían estar prohibidos.

Están estancados, apestan, quitan espacios y el olor se adhiere con cada hoja a sus dedos, a su lengua y se contamina su espíritu. Mediocres todos sus lectores, no quieren sufrir ningún accidente.

Todo lo quieren en la boca, digerido y su desesperanza hace que el vacío interior abra paso a ese tipo de literatura. Están anestesiados, todo lo quieren tibio, huyen al dolor y al profundo cuestionamiento.

Tú huyes del dolor, pero si solo supieras que lo único que quería era curarte, amarte, curarme al amarte. Estoy segura de que lo único que cura realmente en esta vida es la entrega absoluta al otro.

Los hombres como tú aniquilan el amor para salvarse y ahí están sus guías de autoayuda para que sus vidas sean más llevaderas. Se refugian en una esquina, su temperatura es tibia. Se llenan la boca de orgullo al saber que duermen la ansiedad de su existencia.

Esa es la razón por la cual en estos tiempos tenemos miles de sectas, miles de cursos de autoayuda. El curso para ser feliz, los diez pasos para ser feliz, los siete pasos para encontrar la felicidad, los tres caminos para la felicidad. Así, miles y miles. ¿Cómo ser más feliz o un poco menos miserable?

¡Qué bien me está haciendo escribir!

Me da rabia que esa gente no haya entendido nada, pero más rabia me das tú, Emilio.

¡No existen los diez pasos para ser feliz!

Repite conmigo, como mantra, una y otra vez, sin miedo, deja de ser esclavo de tus propios miedos y repite junto conmigo: ¡No existen los diez pasos para ser feliz!

Lamento enormemente decirte que esas guías de la felicidad lo único que hacen es hacer a la gente más miserable, darles más trabajo a los psicólogos e incrementar el consumo de la industria farmacéutica.

Lo único que causan son una frustración brutal.

Por favor vuelve a repetir conmigo una y otra vez: ¡no existen los diez pasos para ser feliz!

Ofelia

Mensaje de WhatsApp de Emilio
09:03 a. m.

Ofelia, ¿por qué me has mandado esas cartas tan hirientes?

¿Por qué me quieres hacer tanto daño?

¿No será que la que quiere vengarse de los hombres eres tú?

¿Te quieres vengar de todos los hombres que te aman?

¿Qué pretendes que te responda?

¿Qué pasó en mi ausencia?

De verdad estoy preocupado, ¿de qué me perdí?... Bien le dijo Hamlet a su Ofelia que el amor de una mujer es breve.

09:10 a. m.

Hola, Emilio, ¿Otra vez todo por WhatsApp?

09:12 a. m.

¿No es eso lo que quieres? ¿No era justo eso? ¿No querías que leyera tus mails? ¿Quieres que te responda? ¿Estás segura?

Mensaje de voz de Emilio
09:20 a. m.

Tus correos son hirientes, vengativos. Los quiero borrar de por vida. Ofelia, eres, sin duda, malévola; decirme todo sobre el imbécil que te escribe en Instagram y decirme quién es.

Te dije que era un hombre brillante, que no se iba a quedar con un no de tu parte, que se acercaría a ti de un modo u otro, pero tú le abriste la puerta. ¿Por?

No lo quiero ver nunca en mi vida, lo odio. No te hace una mujer honesta, te hace una... ¡No sabía que nuestra relación se estaba yendo al carajo! Cierto es que tienes la habilidad para evocar todos mis demonios. Te odio y te amo. No tengo nada más que decirte. Te dije que ese maldito francés se había quedado obsesionado contigo.

Acabo de borrar todos tus correos, no quiero nunca más saber lo que piensas de nosotros. Lo único que quiero es ser feliz, entiéndeme, ser feliz, Ofelia. Me rompes el corazón. Quería proponerte llevarte a Valle de Bravo, irnos un fin de semana. Además, te iba a decir que escogieras el hotel que más te gusta. Moría por dormir contigo. Dormir contigo, tenerte en mis brazos. No me vuelvas a escribir, nunca, absolutamente nada, si sigues en comunicación con ese maldito francés.

Primera llamada perdida de Emilio.
09:30 a. m.

Segunda llamada perdida de Emilio.

09:31 a. m.

Tercera llamada de Emilio.

09:32 a. m.

—Hola, mi...

—Hola, Emilio. ¿Estas bien?

—Es una tontería, lo sé, pero me acabo de salir de una junta. Quiero pedirte un favor, solo un favor.

—Dime.

—¿Puedes por favor borrar, bloquear a tu nuevo amigo...?

—Emilio, esto no está bien. Estamos enfermos. No es posible que me llames para esto.

—Ofelia, lo sé, carajo, lo sé. Me parece absurdo pedirlo yo mismo.

—Hace mucho que no salías de una junta para llamarme.

—Sabía que ibas a decir esto. No encuentro coherencia en nada de lo que nos está pasando. Estoy de pésimo humor, me molesta el calor que hace aquí en México. Todo es absurdo, nada tiene sentido. No me puedo concentrar, solo tiemblo al pensar que ese imbécil te está hablando. Lo sé, es absurdo, absurdo.

—Sí, deberías leer la teoría del absurdo. Ahí dice que la vida humana carece de sentido o propósito, y que nuestra existencia es absurda e incomprensible.

110

—Lo haré.

—No me des el avión.

—¿Me estás diciendo que sí vas a bloquear a ese maldito francés por todas partes?

—Emilio, te estoy hablando de algo importante y me sales con eso.

—Tengo que regresar a mi junta, también te estoy hablando de algo importante. Oye, antes de que te hagas historias, hoy tengo una cena con una amiga portuguesa que quiere platicarme de un negocio que tiene.

—¿En serio, Emilio?

—Pues sí, ¿qué tiene?

—Bye.

—Adiós.

Mensaje de WhatsApp de Emilio
07:48 p. m.

Ya me voy a mi cena. Te escribo a mi regreso.

07:50 p. m.

No, Emilio. No me hagas esto, no me escribas en ningún momento de regreso.

07:51 p. m.

Ok, pues buenas noches. No lo haré.

07:53 p. m.

Exacto, no lo hagas. Además, borra mi contacto. Así esto tendrá un punto final. ¡Bórrame! Deja de avisarme sobre tus cenas.

Mensaje de voz de Emilio
01:12 a. m.

Hola, mi amor. Ya regresé de mi cena. Cené muchísimo, estoy agotado. Ya me voy a dormir. ¿Te gustaría ir a Tepoztlán por dos días?

Mensaje de WhatsApp de Emilio
01:17 a. m.

¿Se te antoja?

Mensaje de Ofelia (escrito pero no enviado)
01:17 a. m.

Se me antoja que te vayas a la chingada y me dejes en paz de una vez por todas. ¡Eso sí que se me antoja, cabrón!

05:45 a. m.

Buenos días, Ofe. ¿Cómo dormiste, mi amor? Tengo una sorpresa para ti. ¿Puedes pasar por mi oficina para dártela? Estoy seguro de que te encantará. Te extraño.

06:05 a. m.

Te mandé un correo, revisa tu mail.

06:20 a. m.

Ofelia, mi amor, ¿puedes pasar a mi oficina?

13

Subject: No faltarás

Emilio, es inevitable sentir punzadas en mi vientre al escuchar tu voz y presenciar tu descaro después de todas nuestras despedidas, luego de todas mis cartas sin respuesta. Me llamas temprano en la mañana para pedirme que bloquee mis mensajes y mi comunicación con el francés. Imagino que hablamos y de repente surge una cena de trabajo con una portuguesa. Al día siguiente, estoy convencida de que no quiero volver a verte nunca, pero nunca más en mi vida. Me sorprendes temprano diciendo que tienes una sorpresa para mí y que me extrañas. Cada vez que intento alejarme de esto, me hundo más y más.

¿Qué tan libre me hizo mi abuela? No lo sé, pero no me resigno. Desde lo más profundo de mi alma, me atrevo a sentir ambas cosas, tanto éxtasis como dolor. Vivo ambas de manera intensa y no les tengo miedo. Surgen de manera natural. Ya no guardo silencio, no finjo ni me conformo con algo mediocre ni tibio.

Mi enfoque hacia el amor y mi mirada han sido microscópicos a todas tus emociones, me gusta entenderlo.

Desde niña, las historias de amor de mi abuela han robado suspiros de mi ser.

Creo que a los corazones desbordantes de pasión no les queda tiempo para vivir una vida superficial.

Los sentimientos son elevados al grado de que se siente una enorme gratitud ante la vida. El amor me sublima, el contacto íntimo limpia mi espíritu y en esa infantil creencia confirmo mi instinto de existencia de una forma apasionada.

¡Ay, Emilio, cuántas veces te escuché decir y te creí que en mis brazos, con mis besos, sobre mi pecho, con las piernas entrelazadas, una y otra vez decías con tu voz ronca que conmigo podías adherirte a la vida!

Sin lugar a duda, mi alma obedece más a las leyes de mi cuerpo que a las de la religión. Sin tus besos, me es tan difícil levantarme e incorporarme a la rutina. Me caes tan mal, de pronto eres tan básico y tu mundo emocional tan pobre que me da coraje que ya no te sea placentero hacerme sentir bien. Quisiera tenerte enfrente y poco a poco observar cada detalle de ti, desnudarte sin tocarte, desabrocharte la camisa botón por botón, mirarte a los ojos, aventarla a la chimenea, quitarte los pantalones, los boxers, los calcetines, el reloj, la pulsera roja que te regalé hace siete años, y que todo se vaya al fuego. Quisiera dejarte desnudo frente a mí para mirarte a los ojos y preguntarte:

¿Quién eres, Emilio? ¿Qué pretendes con estos tratos que hoy me das? ¿Quieres que me vaya, que me quede a tu lado, pero que me quede herida? ¿Crees que tus nuevas amigas con las que vas a cenar me hacen daño? No, Emilio, ellas no son las que me dañan, lo que me causa daño es tu lenguaje cínico, perverso. Ese es el que me causa daño, ese es el que me quiere lastimar, tu forma vulgar de querer causarme celos, pretender hipócrita y falsamente que estoy en un error y hacerte la víctima de mis celos.

¿Qué sugieres, amor mío, que por la noche me quede sin plan para ver cómo te vas a cenar con una nueva amiga? A mí no me invitas a cenar y, sin embargo, me avisas que llegaste a casa hasta la madrugada. Eres un cínico perverso. Que con los años que llevamos busques abusar de mi amor por ti, que por tus heridas rancias y pasadas me quieras hacer pagar a mí la factura de tu dolor cuando lo único que he hecho todos estos años es estar entregada a ti al cien por ciento. Mi mundo gira y vuelve a girar a tu alrededor. Se te acabó, no volveré a pasar una noche temblando por ti. No volveré a pasar un segundo deseando que quieras venir a mis brazos, besarme, hacerme el amor, y perdernos toda la noche como solíamos hacerlo durante tantos años. Mientras tú estás en tu cena, yo estoy tratando de dejar correr las lágrimas, las dejo caer libremente, pensando en cuántas mujeres cambiarán su vida por el hombre que aman, cuánto más quieres de mí. ¿Qué me faltó darte?

Más bien siento que te di todo lo que tenía de mí. Me sabías a tu disposición. Cuánta razón tenía mi abuela Ofelia. "Trátalos bien, háblales bonito, hazlos sentir seguros, especiales, únicos, hombres, salvadores, grandes amantes... para que se vayan con otra."

Me dediqué a estar para ti en cada momento que lo necesitabas. Me siento usada, Emilio. Te recuperaste en mí, en mi cuerpo, en mi vientre, en mis besos, en mis caderas. Me soltaste. Ahora, después de siete años, siento que no recibo nada de ti. Nada, ninguna recompensa, ningún beneficio. Nunca te interesó ni mi vuelo ni mis proyectos. Sí, este amor fue un acto de dar, dar, escuchar, entender, curar, lamer, cuidar, cicatrizar. Saldría ganando si me hubieras al menos dado las gracias, pero ni eso. Salgo como el hada maligna, la serpiente hechicera, la mala del cuento.

Todos estos mails son para curarme. Las letras me curan. Quiero devolverte tus lunes malditos y atormentados. Hoy entierro a la puta de tu exesposa, te la devuelvo, no me quedaré con ella. Todos los insultos que eran para ella los recibí yo. Con estas letras en estos correos, te la regreso. Pronto encontrará alguien que pague por su historia. En cambio, yo guardaré la mía en el pecho. Te juro que después de esto me iré. Dices que no leerás nada más mío, nada que venga de mí. Que mis palabras cortan como cuchillos en los ojos. Sí, tal vez eso es lo que me liberará. Y me dará permiso de olvidar nuestra historia. Tu nombre. Léeme bien, Emilio: olvidaré tu nombre.

Ofelia

14

Subject: "Deseo"

Domingo 15 de mayo de 2022
09:27 p. m.

Rozo la suavidad de mi piel que tanto te gusta, mojo mis dedos y pienso que son los tuyos. Bajo al cuello, toco mis pechos, siento una desesperación. Paso a paso voy sintiendo cierto éxtasis, desearía que fueran tus manos y no las mías. Me toco los muslos, me acaricio las ingles, siento necesidad de tocar mi pubis, de apretar, de que seas tú, pero no eres tú, son mis manos desesperadas que quieren y tratan de buscar tus manos sobre mi cuerpo, pero no las encuentran, ahí no estás, estás en otro lado, entreteniéndote en otros muslos, robándome el tiempo, dejándome húmeda.

¿Qué hago con esta humedad?

¿Cómo dejo de desearte? Suena el celular y no eres tú, no eres tú. Tu lejanía sigue atormentándome. Es él, con un mensaje como si pudiera sentirme desde el otro lado del mundo. Me siento consumida por este fuego.

—Ofelia, responde. No me tortures, responde. Te veo en línea, a estas horas deberías estar dormida. Te conectas segundos y te vas. Estás en línea intermitentemente. ¿A quién buscas con tanta desesperación? Princesa divina, prometo cuidarte, ser tu esclavo, responde.

—No puedo dormir, estoy inquieta, doy vueltas en la cama, por eso veo el celular.

—Espero que no sea por Emilio.

—Un poco sí, me hacen falta sus besos para poder dormir.

—¿Podrías dormir con los míos? Se ha convertido en un reto para mí sacarte de la cabeza a ese Emilio. Tiene el tacto de un elefante. Si tan solo me dieras tres días a tu lado. Te contaría las mejores historias que nadie te ha contado, te confesaría cosas que tus oídos nunca han escuchado, te llevaría a lugares en Francia que no sabes que existen. Ofelia, tienes tanta energía en ti. El hombre que vea lo que yo veo en ti no te va a dejar nunca.

—¿Qué dices? Yo a estas alturas solo me conformo con que Emilio no me vea como la mala del cuento.

—¡Tienes tanto Yin y Yang en ti!

—¿Y eso es?

—El concepto de la filosofía china. Son dos fuerzas opuestas pero complementarias que se encuentran en todas las cosas del universo. El Yin representa la energía femenina, pasiva, fría, oscura y receptiva, mientras que el Yang representa la energía masculina, activa, caliente, luminosa y creativa.

—Sí, eso lo sé. Pero ¿a qué te refieres cuando dices que tengo tanto de las dos?

—El Yin y Yang se basa en la idea de que estas dos fuerzas interactúan y se equilibran entre sí, y que la existencia de una depende de la otra. Por ejemplo, la noche necesita del día, la oscuridad necesita de la luz, la tristeza necesita de la felicidad, etc. Tu melancolía necesita del placer. Yo te lo quiero dar. Puedo ofrecértelo ahora. He practicado yoga y meditación durante mucho tiempo. ¿Y cómo podría dártelo a tantos kilómetros de distancia? Por ejemplo, puedo imaginarte aquí, sentada frente a mí, disfrutando de la vista desde la ventana mientras yo te saboreo sin parar. Siento cómo tus labios de mujer cambian de temperatura y se abren más cálidos y húmedos ante mi boca, que se deleita al lamer tu entrepierna. Ofelia, quiero que estés a mi lado. Eres una creadora de historias y no puedo dejar de fantasear contigo. Te imagino dominando todo, haciendo el amor como nadie más. Despiertas en mí una fuente de vida y te has convertido en mi diosa del erotismo.

"Desde el momento en que te olí, me imaginé saboreándote. Nunca había llamado a alguien tantas veces en un día como lo he hecho contigo. ¿Por qué no quisiste verme esa noche que te conocí?

"Ofelia, responde a mi placer y olvida las preguntas de reproche.

Le respondo pensando en ti, Emilio, pero sin culpa, ya sin miedo. Eres un cínico, Emilio. Me pides dormir conmigo y al mismo tiempo me dices que te vas a cenar ahora con otra.

Por primera vez lo dejo de llamar Claudio y lo llamo por su nombre. Cuando nombramos a alguien, le estamos otorgando un sentido de pertenencia y conexión con el mundo. Es como si estuviéramos diciendo: "Tú eres único, importante y formas parte de mi". Y es que, cuando utilizamos el nombre de una persona estamos alimentando y reforzando su sentido de pertenencia en este mundo. Además, los nombres son la clave para establecer vínculos emocionales profundos. Cuando alguien nos llama por nuestro nombre, sentimos que nos conocen y nos valoran como individuos únicos. Es una forma poderosa de crear una conexión especial, una conexión que va más allá de las palabras. Utilizar su nombre me permite evitar confusiones entre tú y él. Utilizar su nombre es comenzar a escribir una historia con él. Es como si estuviéramos creando un puente que nos conecta de manera clara y precisa. Y, por si fuera poco, los nombres tienen un poder tremendo en nuestra memoria y atención.

Recordar y utilizar el nombre de alguien muestra que nos importa, que prestamos atención a los detalles y que valoramos esa relación. Y cuando alguien nos llama por nuestro nombre es como si nos atrapara con su encanto, capturando nuestra atención de forma irresistible.

Así es, por eso lo comienzo a llamar por su nombre, porque los nombres son mucho más que palabras, son la esencia de nuestra identidad y nuestra conexión con el mundo. Son una poderosa herramienta psicológica que nos ayuda a construir relaciones significativas, a comunicarnos de manera efectiva y a demostrar atención y deseo a los demás.

Así que, la próxima vez que pronuncies mi nombre, Emilio, hazlo con conciencia y amor, porque estás honrando la magia que hay detrás de cada persona.

Le mando un mensaje de voz, tres veces lo nombro, tres veces, para no confundirlo contigo, para saber que es él para que me quede su nombre en la lengua.

—No te detengas, sigue, dime más.

—Ofelia, que acento más encantador. Ven a verme. Haz locuras, tienes la fuerza y la edad para hacerlas. Toma un avión y ven a verme. Déjame mandarte el billete de avión, nos encontraremos en Londres. Cae el sol de este lado del mar y miro la luna y pienso. Pienso. Ofelia, ¿por qué te pienso? Te imagino haciendo el amor conmigo, bajo esta luz plateada te haría tantas posiciones y mis caricias quedarían impregnadas en tu piel. Tócate, Ofelia. ¿Estás mojada? ¿Te humedece hablar conmigo? Muero de deseo por ti, mujer con alas, inteligente, sensual. ¿Detrás de qué te escondes? Me toco pensando en ti, Ofelia. ¿Tus amantes saben cómo excitarte cuando estás cansada? ¿Has estado con hombres que saben hacer el amor o solo has estado con bestias que se satisfacen únicamente a ellos mismos? Sin presión, pero sueño con besarte algún día. Probar esos labios, besar tu nuca, lamer tus axilas, besar tus ingles, escucharte hablar con esa voz ronca que tienes. Ofelia, espero que mi tono no te ofenda y sea otra la razón por la cual solo me lees y no me respondes. Hay mujeres que viven castas hasta dentro de sus fantasías. Yo puedo estar seguro de que tú eres de las mujeres con alas. ¿Qué alberga en tu interior? ¿Es el autodominio el que te hace no responderme?

Respondo:

—No, no es el autodominio, no es que sea casta, es él. Otra vez, es él. Maldito Emilio tóxico, me tiene atrapada, me tiene encarcelada. Me necesitó tanto para volver a aprender a vivir que ahora que lo salvé me ha dejado. Me ha castigado por limpiar su pasado, por no dejarlo sumergirse en su depresión. Me ha hecho pagar lo que no hizo con quien debía en su momento, me cobró su cobardía, pagué sus facturas de una madre ausente y una exesposa infiel mosca muerta.

 —¿Acaso no se trata de eso el amor, pagar el daño del pasado?

 —Lo hice sentir vivo de nuevo y me castigó.

 —Pagaste el daño de su pasado, ya esa historia terminó. Aprende a dejar ir un amor, Ofelia, un trabajo, un deseo, un sueño que tome otro rumbo. Aprende y serás mucho más feliz.

Quiero prenderle fuego a todo esto que llevo por dentro, te has ido en contra de mi voluntad, Emilio, aún con súplica en mis labios, con mis besos te pedía que te quedaras, mi cuerpo te hablaba con mi humedad, en mis caricias también había súplica. No te importó, aun así, te marchaste. Me obligas a vivir de los recuerdos de este dolor que me vence, me arrodilla y tengo que confesar que también a momentos me llena de culpa. Llevo el pelo en la cara para que nadie vea mi vergüenza.

¿Provocaste todo esto para quedarte por siempre en mí?

Me castigas con haberte ido, matas mis ilusiones, fantasías, sueños. No habrá nadie ni nada que quite este dolor. Quizá todo esto no sea la realidad, tal vez todo esto es lo que quiero contar, para no entrar en la profundidad de mi alma, que de pronto puede ser escabrosa, ya que por mirar la tuya he abandonado la mía.

Me he olvidado de ella, pero esta es mi historia y, sin lugar a duda, me cuento a mí misma. Y al final de toda relación, ¿no somos esa historia que nos contamos? Daría todo por escuchar tu versión de nuestro amor, tu egoísmo, tu dolor, tu inseguridad, tu incredulidad. Seguro lo has justificado, pero ¿fue mi culpa o fue tuya para que este amor doliera tanto? Teníamos todo, querías más, siempre querías más, lo cotidiano, lo banal, lo estructurado, las formas, eso que tuviste de sobra con Beatriz y que al final del camino te diste cuenta de que no dio ningún fruto.

¡Malditos convencionalismos que tanto te gustan...! Quise darte ese jardín perdido, ese jardín olvidado. Quise que sintieras la humedad y la frescura del pasto, el olor a tierra mojada que ya no está en tu vida cotidiana y que tanto buscaste en las esquinas de mi cuerpo. Sé que lo encontraste, lo sé. Mi olor te cubrió, te volvió loco, por eso te quedaste, sé que al olerme encontraste un lugar para escapar. Mi olor te llevó a un lugar seguro, un escondite que era solo tuyo.

Tengo presente el día que descubriste mi olor, fue en Tepoztlán, frente a la magia del Tepozteco. Tú sentado al borde de la cama y yo acostada sobre unos cojines tejidos a mano, de memoria recitabas *El cuervo* de Edgar Allan Poe. Me lo decías en inglés y en español. Yo tenía la mirada fija en la vellosidad de tu pecho; nunca te lo dije, pero eran esos pequeños detalles físicos los que me hacían desearte hasta la muerte. De pronto, tu voz se elevó al decir: "No dejes ninguna pluma negra como señal de esa mentira que tu alma ha hablado".

Me llevó a preguntarme: ¿qué mentira ha dicho mi alma?

No encuentro mentira más terrible que aquella que nos decimos a nosotros mismos. Interrumpiste tu mirada entre mis piernas desnudas, movías las sábanas para poder ver entre ellas. De pronto, perdías la concentración y repetías una y otra vez:

> *Leave no black plume as a token of that lie thy soul hath*
> *spoken! Leave my loneliness unbroken!*
> *Take thy beak from out my heart and take thy form from off*
> *my door!*
> *Quoth the Raven "Nevermore".*

Esa noche no fui Ofelia, fui Leonor, la de Edgar Allan Poe. Encontraste mi olor; ese te dejó encontrar el camino del olvido a tus angustias. Por eso fueron tantos años, por eso creo y quiero pensar que fue mi olor y no el recuerdo de tu abuela lo que nos hizo superar las peleas, los gritos, los insultos y el llanto de Berlín.

Me veías pasar desnuda y dirigías la mirada hacia otro lugar. Por diez noches esperé con ansia que entraras en mí; cerraba los ojos recordando tu forma de recitar a Poe. En el nuevo museo de Berlín, en un hermoso edificio neoclásico, frente al busto de Nefertiti, dijiste que yo era igual que ella, a pesar de su nariz completamente diferente a la mía. Dijiste que tenía la capacidad de embrujar a todos los hombres que se cruzaran en mi camino, como ella.

—Ofelia, eres una *femme fatale*. Pobre de mí que terminé enamorándome de una mujer como tú.

Te interrumpí en voz baja:

—¿A qué te refieres cuando dices "una mujer como tú"? —me respondiste con otra cosa en tono irónico.

—A ti que te gusta tanto el feminismo y te proclamas una mujer libre, supongo que sabes que en el antiguo Egipto había igualdad entre hombres y mujeres. Tenían los mismos derechos económicos y jurídicos ante la ley.

—Sí, lo sabía. No me cambies la conversación. Responde mi pregunta, Emilio.

Me ignoraste.

—A ver si un día tú me invitas y pagas el viaje con tu dinero.

—Sí, Emilio, el día que me alcance con mucho gusto lo haré. Tal vez no me alcance para traerte a Alemania, pero te propongo un fin de semana en Tepoztlán.

Me quedé pensando en tu comentario, pero también pensé en mis finanzas y en qué lugar te podría invitar yo. Dejé pasar por completo el comentario de "una mujer como tú".

Me dijiste que te tenía embrujado y que lo único que querías hacer era entender por qué peleábamos así. Solo tu abuela y yo te habíamos gritado de esa manera, que con nadie en el mundo has temblado de tanto miedo como conmigo. Me sentí mal porque fue una tontería por la cual discutimos durante diez días, por un paseo en bici, y no es metafórico, es literal. Yo estaba cansada y tenía el romántico recuerdo de nuestros recorridos en bicicleta, que no importaba si nuestro camino era a la derecha o la izquierda, ya que perderse en París era sorprendente, era descubrir algo nuevo, algo hermoso. Recordé que en París fuimos una historia de amor. Nos besamos en cada puente, en cada esquina, en cada café. Te seguí siempre a tu ritmo y dices que fue mi París y no el tuyo el que me hizo feliz; como una niña malcriada, consentida, que solo vimos e hicimos todo lo que yo quise. Lo único que recuerdo es que en París fui muy feliz a tu lado. París te hizo olvidar tu pasado, no hablamos de Beatriz, no la mencionaste.

Reíste conmigo, me bañaste con amor, me tomaste fotos y videos desnuda. Nos grabamos haciendo el amor. Me dijiste que nunca lo habías hecho de esa manera, que te hacía sentir lo que nadie te había hecho sentir en tu vida. En París corrimos al tren, hicimos locuras, nos paramos a mitad de la carretera y pedimos aventón a un desconocido. Me compraste mis galletas favoritas, no me soltaste de la mano y repetías: "Eres mía, eres mía". Me confesaste tus secretos y te conté los míos. Hoy lo recuerdo, los años me han hecho olvidar eso. Posiblemente tengas razón y nos faltó comunicación en Alemania. Me aferré en Berlín a subirme a una bici y tú a bajarme de ella. Ninguno de los dos cedió. La bici quedó entre los dos, tú jalándola para ti y yo para mí. Los dos peleando por nuestro lugar, por nuestra voz, los dos mirándonos con un ego roto. En lugar de apreciar que estábamos juntos sobre Unter den Linden, una de las calles más importantes de la ciudad, yo quería subirme a la bici y tú querías bajarme de ella. Para ambos fue el peor viaje.

El placer que me quedó fue la cena en el restaurante italiano. Después de pelear tanto, era nuestra última noche. Yo deseaba que ese viaje terminara pronto para ya regresar a casa, y en eso, te reíste junto con el mesero y me reí con ustedes y me di cuenta de lo mucho que te amo. Sí, simplemente te amo. Mi amor por ti es expansivo, me recorre el cuerpo y me hace inmensamente feliz ser tuya. Son esos momentos de risas interminables los que me enganchan a ti, como la noche de París en la que bajaste al lobby para cuidar mi pudor, y se me olvidó por completo llamarte para que subieras al cuarto. Horas después subiste y recordé que por instantes te me olvidas por completo, pero es porque te llevo dentro. No es por otra cosa, te llevo tan en mí que inclusive cuando no estás conmigo te invento. Por eso me cuesta tanto pensar en esas noches frías que tuvimos, esa cuota de sufrimiento que te has puesto. Alemania la incrementó.

Algo pasó, alguna fibra delicada de tu infancia, de tu niñez rocé sin querer.

Me miraste con odio, con ternura, con anhelo. Todavía no logro saber si fue un insulto o fue un halago. Me dijiste que era igualita a tu abuela. Lo que yo tengo entendido de ella es que fue una mujer elegante, hermosa, pero que te daba miedo. ¿Su carácter? ¿Sus gritos? ¿Su desaprobación?

¿Qué tanto de ella hay en mí, qué tanto de mí te recuerda a ella?

Clavados en ese recuerdo, nos instalamos, nos aferramos a no salir. Aquello que nos remonta a nuestros dolores de infancia nos deja ahí, estancados en ese recuerdo que nos detiene a no salir de ello, quedarnos ahí, fijos, como si quedarnos fuera a liberarnos de ese dolor. Buscamos a nuestras parejas para sanar. Sí, siempre buscamos a nuestras parejas con quien sanar.

¿Fue eso lo que te atrajo de mí?

Es eso lo que me engancha de ti; quiero sanar mi dolor, ese vacío de mi padre, y tú encajas en él, en ese sitio. No se logró, al menos eso pienso, no lo sané, tú tampoco lo hiciste.

Ninguno de los dos sanó sus dolores del pasado en ese viaje. Esa es la parte de la historia que de verdad me intriga. Son los detalles de nuestra infancia los que tratamos de sanar en nuestros amores. Esa intimidad nos unirá de por vida.

Estamos viviendo inconscientemente de los recuerdos y no del presente, y es lo único que nos pertenece. Tenemos una naturaleza traicionera. Sabía que ibas a desaparecer de mi vida, o era que él, mi padre, había desaparecido de mi vida. El que no lo hubieras hecho no me haría estar en una pausa emocional y entender que esto me corresponde de una vez, saber enfrentarlo yo sola. Ya no te veo con tu aspecto irreal, ahora te veo como eres, y me culpo por no haberte hecho sentir más placeres y hacerte tantos berrinches. Te llevaste mis gritos y mis dolores, pagaste una cuota de sufrimiento por estar a mi lado.

También pagué la tuya.

Supe agarrar este amor con toda mi fuerza, me comprometí y no logré ver lo que perdería. Nos llevamos a un cielo y nos enganchamos con el infierno de cada uno.

¿Qué haré con mi vida sin ti?

Por el momento, recuerdo que, saliendo del museo, me detuviste del hombre izquierdo y dijiste: "Se me olvidó comentarte que el adulterio en el antiguo Egipto era castigado con la muerte, y con las creencias que tenían después de la muerte, serían juzgados y condenados según la gravedad de su falta".

Me besaste en los labios.

Ofelia

15

Subject: Nunca más

Lunes 16 de mayo de 2022
01:13 p. m.

Emilio:

Hoy no me voy a engañar, no puedo mentirme a mí misma. Al menos haré el intento de no hacerlo, de no seguir con esto. Tengo un apetito más animal que racional; en él habitan mis sentimientos y mis deseos, y son más oscuros que los tuyos. Mi pulso cambia al saber que tengo tu atención. Lo sabes.

Hoy sé por qué es así, hoy he encontrado esa línea certera que nos conduce el camino para salir de la locura. Tu figura me hace recordar mis vacíos, mis carencias, la incomprensión del poco amor que recibí de mi padre.

Te has convertido en una necesidad, en una oportunidad para sanar la herida de mi infancia. Sí, eres una necesidad vital. Me he creado una historia paralela de mi dolor, de su abandono, de su poco interés. Eso ha hecho que quiera cuidar el dolor que ha causado su desamor, lograr que tú sí me mires, me ames, me elijas, que tú te quedes, que no te vayas. Que construyas una vida conmigo, que seas constante, que seas un refugio de mis miedos. Que te conviertas en un lugar seguro, en un amor incondicional. Estoy desesperada por conocer el amor que no condiciona.

El amor es inagotable, el desamor es insoportable. Qué cansadas son nuestras batallas en el amor y nunca las logramos comprender del todo. La intención que nos sostiene es que salga todo aquello que llevamos oculto.

Esa fuerza bestial en el amor a todos tarde o temprano nos alcanza. Nos alcanza porque la estamos buscando constantemente. Aun aquellos seres grises con el corazón apagado tienen una profunda necesidad de ser amados.

Nadie, a lo largo de su existencia puede decir que de una manera u otra no buscó el amor. Lo sé, lo sabes. Hay una voz que emerge de las cavernas de todos aquellos que buscamos encontrar lo que algún día no se nos negó.

Por eso quiero pedirte una disculpa desde el fondo de mi alma. Me metí en tus heridas más profundas y no tenía derecho hacerlo. El amarte no me da ni el permiso ni la libertad para escarbar en ese pozo que todo ser humano llevamos.

Créeme, Emilio, por favor, créeme que cada discusión que teníamos sobre tu mamá tenía como único propósito acercarte a ella. Te juro que siempre partió desde un lugar amoroso. Lo vi desde mi propia perspectiva y fui egoísta y limitada. Como la historia de mi mamá no me duele, no entendí tu dolor ni fui empática con todo lo que me compartiste ni con todo lo que has hecho para acercarte a ella o quizás todo lo que has hecho para protegerte de ella. Pensé con soberbia y autoridad que si sanabas la relación con tu mamá, podrías tener una relación mucho más sana con las mujeres, especialmente conmigo, con tu hermana y con tus compañeras de trabajo.

Pero no lo sé, tal vez esos grados de positividad, como te mencioné en las primeras cartas, sean falsos y mediocres, tal vez sean impuestos por una sociedad que le gusta ejercer control.

¿Quién puede saberlo? ¿Qué tal si lo más saludable es no volver a acercarse a esas figuras que nos hicieron tanto daño y que, debido a ellos, no llegamos completos a la adultez?

Tal vez me equivoqué y no es darles las gracias porque nos dieron la vida, discurso que se me hace cursi y barato. Tal vez es necesario dirigirse de manera consciente a ellos y poner el reclamo en su lugar con la persona que causó el daño donde corresponde. De haberlo hecho yo hace unos años, nos hubiéramos ahorrado muchos dolores de cabeza. No te hubiera insultado, no te hubiera dicho que eres el hombre más tacaño que he conocido en mi vida, por no haberme querido comprar un vestido, el vestido de flores azul turquesa de 23 euros en una tienda en Potsdam, Alemania.

Lo pude haber comprado yo sin ningún problema, pude haber tomado el vestido y llevarlo puesto. Esas flores azul turquesa me llevaron a los trece años, cuando le pedí por primera vez un regalo a mi papá en la vida.

Nunca le había pedido nada. Se me negó, sin razón, sin motivo, me fue negado. Al igual que el vestido de 23 euros, esa tela de algodón recuerdo, el vestido de 500 pesos y la misma textura. La misma sensación en las manos. El mismo sentimiento, algo que se me podía dar sin problema, nada más que no había ganas de cumplir ese capricho. Bien es cierto que, gracias a Dios, ni con mi papá, ni contigo era una necesidad. En efecto, me sobraban vestidos en aquella época y en esta, pero me faltaban con urgencia las ganas de un hombre que quisiera coser esa herida y me diera placer hacerme sentir bien. Tan barato y a la vez tan caro. No lo compré yo porque no era el vestido, era la oportunidad de abrazar a esa niña dolida, esa niña que se sintió rechazada.

¿Podrás creer que me dolió mucho más en la adultez que en mi niñez?

En el momento de estar amando a alguien que se parece tanto a mi papá, alguien como tú, Emilio, me llevas a viajar a esa herida inconsciente, la que causó mi padre en mi infancia. En ese preciso instante se le está dando una segunda oportunidad al dolor de la niña abandonada. No te lo pude perdonar, a ti no te costaba nada, nada. Tampoco a él. Quizás lo que más me dolió fue que supieras la historia del vestido color lila y te mostraras indiferente a mi dolor.

Hoy ya no quiero guardar silencio a lo que duele, a lo que no se dijo.

Hoy sé que un vestido con flores de color turquesa me puede recordar una de las etapas más dolorosas y dejarme inmóvil frente a ella. Por eso me quedé mirando tanto tiempo su estilo tan parecido al otro y tocando la tela; fue como acariciar a esa niña de trece años, decirle que todo va a estar bien. Que no se preocupe, que no tenga miedo de no ser amada por un padre, que no tendrá el vestido lila, pero que se convertirá en una mujer adulta, que pondrá límites, que va a levantar la voz, que nunca se va a dejar vencer por un hombre, que será amada y deseada, que se sabrá ir de los lugares donde no la sepan amar.

Que pasará su vida buscando flores de color turquesa en diferentes lugares, al precio que sea. No venderá sus sueños y no callará sus historias.

Ese día viste mis lágrimas, viste que me detuve por mucho tiempo frente al maniquí que lo llevaba puesto. Al ver mis lágrimas, tenías sobrada comprensión de lo que me estaba pasando.

Pero ese día también observé que los dos compartían, tú y él, la misma personalidad cruel. Intenté curar sus errores contigo al recordarme tanto a él. Sin querer, quise que tú sanaras sus heridas, que me mantuvieras cerca de ti. Queremos componer el desorden interno sin ningún interés realista. Nuestra lucha surge ante la incomodidad de la suma de recuerdos de desamor. Rechazamos desde lo más hondo, nos incendiamos por dentro.

Necesitamos nombrar nuestro interior, dejar de sufrir por ese mal desconocido. Ese mal del que no sabemos de qué o de dónde viene. Hoy sé de dónde vine. No somos libres, somos la historia de nuestra infancia, somos lo que nos rompió al crecer.

A veces los hijos nos sentimos con pena de crecer con figuras paternas quebradas. Los justificamos, los acomodamos de manera que nos duela menos su historia. Nos enamoramos de ciertas personas que nos ofrecen la oportunidad de poder sanar. ¿Y si esa historia vuelve a fallar, qué se hace?

Surge el trauma con agudeza, nos da lecciones la vida para enfrentarnos y, después, ¿qué se hace? ¿Seguir ahí? Esa parte que no puedo explicar, ¿qué pócima puede apaciguar esta sensación y calmar mi pulso?

¿Cómo nace la vida después del desamor?

Necesito fuerza para no caer, para no engañarme, para no contarme una historia que después no me deje volver a ti. Te escucho y me pregunto, ¿dónde está la verdad de las parejas? ¿Me mentí? ¿Te mentí?

Me volví loca, me imaginé cosas, ¿por qué se nubló mi visión? ¿Soy esa maltratadora profesional? ¿Soy la arpía que dices? Las arpías apelan al engaño y a diversos artificios para conseguir sus objetivos, provocando desgracias y desdichas. ¿Soy eso para ti?, ¿Soy esa hada maligna que llegó a tu vida?

Desde que lo piensas así, ¿por qué no te has ido? Será que soy el recuerdo de esa figura materna que está presente y al mismo tiempo ausente, será que soy el recuerdo de esa abuela que te amó pero a la vez te confronta. No lo sé, lo que entiendo bien es que no hay ni la más mínima libertad en nuestras elecciones de pareja.

¿De verdad no esperabas esas cartas? ¿De verdad te sorprendió tanto? ¿Tu desamor me lo inventé? ¿No lo viste venir? ¿Los celos, me los inventé? ¿Con todas las que te he reclamado me las he inventado? ¿Todo lo que me han contado de tus juegos de seducción a mujeres son falsos? ¿Has sido impecable conmigo? Eso es lo que hacen las mujeres, ¿cierto? Se victimizan al cien por ciento en las historias de amor. Entonces, contaré tu historia a medias, para poder volver a tus brazos, pero ¿por qué quiero hacerlo? ¿Para mí? ¿O para dejarme una ventana y poder escapar a mitad de la noche y meterme desnuda en tu cama y volver a besarte los párpados a las tres de la mañana?

¿Por qué, si dañas, quiero volver? ¿Por qué, si daño, no te has marchado? Vuelves a tener necesidad de mí. Decía Hegel que es el esclavo quien tiene el poder sobre el amo. Pero soy cobarde para los finales, más bien me aterra el abandono o no puedo lidiar con el rechazo. La paso mal y lo tomo mal porque no me amas como quisiera que me amaras, en mis condiciones, bajo mis términos. Son completamente injustos, lo sé.

Nos construimos hogares en los otros para poder quedarnos ahí, en el pecho del hombre que amamos. Queremos encontrar ese refugio y ese escape de nuestra realidad.

¿Será que todos venimos rotos?

Quizá toda esta carta de desamor es un simple engaño, una mentira, y toda historia de amor depende de quien la cuente y tal vez tu historia sea la verdadera, pero aquí la que escribió sus cartas fui yo; tal vez, la única que rompe lo que toca soy yo, la culpable soy yo; tal vez no fue tu exmujer lo peor que te pasó, sin duda puede ser yo. Más bien, no es una carta de desamor, es una carta para pedirte perdón porque la cobarde y la que no supo amar fui yo.

Fuiste tú el que siempre dio más amor, fuiste tú el que supo amar incondicionalmente, fuiste tú el que me curó, el que siempre siempre estuvo presente a pesar de las circunstancias dolorosas. En segundo término, fuiste tú.

Te quejaste de no poder gritarle al mundo nuestro amor, me lo reclamaste cada día, cada pleito, cada noche a la mitad, cada evento, pero siempre te dejé claro desde el principio de nuestro amor que *nunca me iba a divorciar*.

Me podrás acusar de lo que quieras, pero de mi parte nunca hubo engaño.

En eso, sabrás que siempre, siempre te hablé con la verdad.

Entonces, tal vez, sí hubo mucho mucho amor.

"¡No dejes ninguna pluma negra como señal de esa mentira que tu alma ha hablado!"

Tuya por siempre, nunca más.

Fin de nuestra historia.

Ofelia

Mensaje de voz de Emilio

Ofelia, Ofelia, tengo en mis manos el libro de Albert Camus y una pluma negra. Quiero compartirlo solo contigo.

¡La verdad es que te extraño! Por favor, regresa a mí.

Epílogo

El desamor es ese sentimiento desgarrador que nos consume desde lo más profundo del ser. Es en el desamor cuando nos sumergimos en un abismo de emociones que nos arrastran por caminos desconocidos, explorando los territorios más íntimos de nuestro ser.

El desamor, ese cruel sentimiento que nos consume desde el alma, nos conduce por senderos interiores nunca antes explorados. Nos encontramos perdidos en un universo despojado de todo aquello que amábamos, privados de los aromas y experiencias que solían llenar nuestros días.

Nos sentimos desnudos, suspendidos en el aire, sin un lugar al cual pertenecer. En el devenir de nuestras vidas, estos sentimientos nos envuelven en un torbellino de emociones, revelando la fragilidad y la plenitud de nuestra condición humana. En una separación, el mundo parece derrumbarse a nuestro alrededor. El desamor no es simplemente la falta de amor, sino la pérdida de nuestro centro de afecto. Es una ruptura que nos sumerge en un mundo carente de sentido, un vacío desesperanzador en el que todos nuestros esfuerzos parecen conducirnos hacia la nada, hacia la muerte. Una muerte que nadie percibe, pero que abre paso a la oscuridad que habita en nuestro interior.

En ese oscuro ámbito del desamor, nos encontramos con las reflexiones del influyente filósofo alemán Georg Wilhelm Friedrich Hegel. Para Hegel, el desamor no es solamente una experiencia de pérdida, sino también un proceso que desempeña un papel determinante en la formación de nuestra identidad.

Es en este contexto que podemos adentrarnos en el mundo narrativo de Ofelia, observando cómo poco a poco va construyendo un puente más cercano hacia sí misma. A través de un diálogo constante y repetitivo, más allá de los correos de reclamos, es su propia voz la que necesita hacerse escuchar, para poner en orden sus pensamientos, para enfrentar el dolor y encontrar su responsabilidad en la situación. Es en esa oscuridad del desamor que Ofelia se adentra a las heridas de su interior, buscando la luz en medio de la penumbra.

En los escritos del filósofo francés Emmanuel Levinas, encontramos una invitación a sumergirnos en las profundidades del desamor desde una perspectiva ética y existencial.

Según Levinas, somos responsables del otro, y esto se hace palpable en el contexto de una pérdida amorosa. No solo implica la ausencia de la persona amada, sino también el sufrimiento y el impacto que esto conlleva para el otro.

En esos momentos de desamor, se revela nuestra responsabilidad hacia el rostro del otro, y se nos exige una respuesta ética, un cuidado hacia la expareja en medio del dolor y la desesperanza.

En la última carta de Ofelia, su pluma danza en la reflexión pura hacia sus propios actos y responsabilidad de la relación. Es aquí donde se hace necesario sumergirse en la profundidad del desamor, enfrentando las etapas necesarias del duelo, para poder reconocer la voz del otro. Ofelia, con valentía, se mira a sí misma y acepta que una relación siempre es de dos. En ese acto de reconocimiento y perdón, se descubre la trascendencia de la responsabilidad compartida y la importancia de la reflexión hacia la expareja.

Estos mails nos invitan a adentrarnos en los misterios del desamor y a explorar la dimensión que nos conlleva a cuidar al otro en medio de dolor. Eso no nos implica que no tengamos errores y ambos compartan esta relación amo vs. esclavo que tanta mención hacía Hegel en el desamor.

En el enigmático escenario del desamor, nos encontramos inmersos en un juego complejo de cuidado y sometimiento, donde los protagonistas, Ofelia y Emilio, representan la dualidad del amo y el esclavo.

Ofelia, en su vulnerabilidad, señala y culpa a Emilio por su sufrimiento, reclamando su atención y amor. A través de su voz, busca hacer valer sus derechos y encontrar un equilibrio en la relación. Sin embargo, Emilio, con su actitud dominante, la somete y chantajea, manipulándola siempre a su voluntad con la presencia de otra mujer, una tercera figura que siempre está presente en su relación. Emilio ejerce su poder sobre Ofelia poco a poco, tiñendo su deseo de otras mujeres y oscureciendo sus esperanzas de un amor compartido.

En este contexto, la relación entre Ofelia y Emilio se asemeja a la dinámica del amo y el esclavo que Hegel describe. Emilio, en su papel de amo, busca ejercer control y dominio sobre Ofelia, utilizando su poder para someterla a su voluntad. Ofelia, por su parte, se encuentra atrapada en la posición de esclavo, anhelando el amor y la atención de Emilio, pero a la vez subyugada por su presencia y sus acciones.

Esta compleja dinámica de poder y sumisión en el desamor nos conduce a reflexionar sobre las relaciones humanas y la importancia de encontrar un equilibrio entre el cuidado propio y el respeto mutuo. En medio de esta narrativa literaria, nos adentramos en el oscuro laberinto del desamor, donde los personajes luchan por encontrar su propia identidad y liberarse de las cadenas de sus heridas emocionales que los atan uno al otro.

La teoría de las pulsiones de vida y muerte en el desamor puede aplicarse a la situación entre Ofelia y Emilio. En este caso, Ofelia representa las pulsiones de vida, que se manifiestan a través de su búsqueda de amor y atención. Envía constantemente correos electrónicos reclamando amor y expresando celos hacia Emilio.

Por otro lado, Emilio representa las pulsiones de muerte, que se manifiestan en su actitud de ignorar y disminuir el amor de Ofelia. Él utiliza la excusa de estar ocupado en reuniones de trabajo para justificar su falta de atención y afecto hacia ella. Al hacerlo, Emilio desencadena en Ofelia sentimientos de inseguridad y duda, haciéndole creer que todo es producto de su imaginación, lo cual disminuye su autoestima y autovaloración en sí misma.

En esta dinámica, podemos observar cómo las pulsiones de vida de Ofelia chocan con las pulsiones de muerte de Emilio. Ofelia busca amor y conexión emocional, mientras que Emilio evita y niega estas necesidades, generando un desequilibrio en la relación.

Esta situación puede generar un ciclo de repetición en el desamor, ya que Ofelia, impulsada por sus pulsiones de vida, continúa buscando el amor, deseo y la atención de Emilio a través de mails, mientras que Emilio, impulsado por las pulsiones de muerte, continúa ignorando y minimizando su afecto.

En resumen, la teoría de las pulsiones de vida y muerte nos ayuda a comprender cómo las emociones y los comportamientos en el desamor pueden ser impulsados por la búsqueda de amor y la evitación de la conexión emocional.

En el caso de Ofelia y Emilio, sus pulsiones opuestas generan una dinámica de desequilibrio y repetición en la relación.

El desamor, ese cruel y despiadado fantasma psicológico de nuestras emociones, es capaz de desgarrar todo lo que se cruza en nuestro camino, dejando cicatrices profundas. Aquello que alguna vez brillaba con un resplandor de amor ahora nos quema y consume como un fuego interno devorador. Sin embargo, en medio de este oscuro abismo, el desamor también nos brinda una oportunidad invaluable, y es la oportunidad de reconstruirnos y encontrar nuevos caminos interiores.

Como psicóloga, me atrevo a decir que el desamor es esencial en la experiencia humana, pues nos invita a entablar un diálogo interno con nosotros mismos. Nos enfrenta a la necesidad de reflexionar sobre la importancia de amarnos a nosotros mismos y de encontrar nuestra propia voz. Aunque el proceso sea arduo y doloroso, cada experiencia de desamor nos otorga lecciones valiosas sobre la vida y nos impulsa a crecer como seres humanos. Contemplando nuestra imagen reflejada en el espejo, vemos la dualidad de lo que fuimos y lo que nos hemos convertido tras cada desamor. En este proceso, experimentamos un poderoso encuentro con nuestra propia esencia, un encuentro que nos transforma profundamente. Y nos deja mirarnos de la misma manera. Mi mirada hacia el mundo y hacia mí mismo cambia por siempre. Uno no regresa del mismo amor como entró.

En medio de la penumbra, encontramos la fuerza para seguir adelante y renacer de las cenizas del desamor. Es en ese punto de inflexión que podemos construir un nuevo amor, uno más profundo y auténtico. Porque, aunque el desamor sea un camino lleno de espinas, también puede convertirse en el catalizador de una transformación interior. Nos permite descubrir una versión más fuerte y resiliente de nosotros mismos, capaz de superar cualquier obstáculo en el camino hacia un amor genuino y pleno.

Así que, no temas al desamor, pues, a pesar de su crueldad, también trae consigo la semilla de la esperanza y la posibilidad de un futuro luminoso. Permítete sanar tus heridas, aprender de tus experiencias y crecer en sabiduría. Recuerda que el amor propio es el faro que iluminará tu camino, y, con cada paso que des, te acercarás a la persona que estás destinada a ser.

Me repito a mí misma, estoy hecha de todos aquellos que he amado.